縫隙

逢時——作者

Kanariya——插畫

開場

如果罪惡是由人心滋長而生，那該被消除的是罪惡，還是人心？

慘白的燈光下，一名中年女性，坐在偵訊室的桌前，她眼神渙散，茫然無依，望著玻璃裡自己的倒影，早晨綁起來的頭髮已經凌亂，從耳邊散落。常常戴在胸前的銀色墜子，也已經很久沒有擦拭，毫無光澤。

她獨自坐在鐵椅上思考，為什麼會走到今天這一步？她其實沒有一絲懊悔。但她的人生為什麼會變成這樣？她卻也沒有答案。

冷氣從上頭的出風口吹來，她身上白色的棉質襯衫貼著胸口，遍布著乾涸的血跡，傳來絲絲寒意，連底下的七分褲跟平底鞋，都有大塊的汙漬，她的眼底彷彿還能倒映出十幾分鐘前，她手起刀落後，那濺入瞳孔的血水。

但她真的終結一切了嗎？

如果罪惡無法歸咎於源頭，那怎麼樣可以算是結束？她想起向安婕常說的輪迴，其實輪迴不在於來世，而在於當下，因為沒辦法停下錯誤，才會一直循環。她結束這一切了嗎？

兩名警官打開偵訊室的門，走到她桌前，拉開鐵製的椅子，放下檔案夾。警官們神色嚴肅，卻又有些隱秘的畏懼。因為今天晚上，她一個人殺了十三名婦女。

她看著眼前的警官，挺直了背。

錄音筆被打開，偵訊開始。

「妳叫什麼名字？」

「蘇方琪。」

「今年幾歲？」

「三十九歲。」

「妳家住什麼地方？」

「新北市土城區……」

一、慈母眞尊

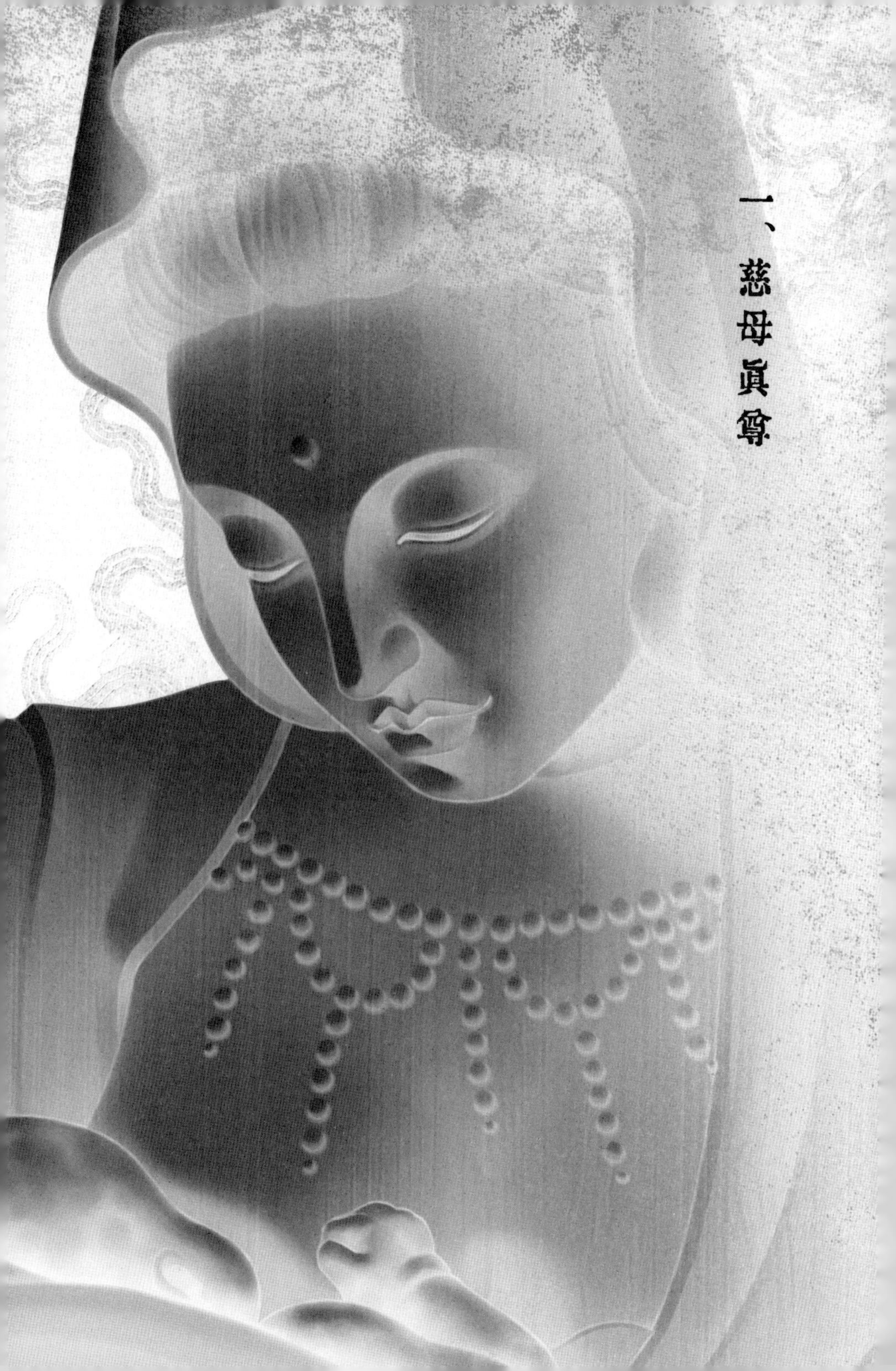

深夜，暗巷裡。

剛從網咖走出來的少年們，抽著菸，彼此勾肩搭背，還在討論剛剛那一場的戰績，誰雙殺、誰又送頭、還有人 carry 全場，他們大聲喧鬧，不顧時間已至凌晨，要他們來說，通宵才是常態，可惜今天還要去收帳，得給老大一點面子。

但數人行至路口，街邊幾台摩托車尚未熄火，另外幾個少年，手拿鋁棒，把嘴上抽了幾口的菸往旁邊一扔，目露凶光。

兩批人上個月為了收帳的事情，才打了一次。

一家借了兩邊高利貸的小店，本來就風雨飄搖，油水不多，能榨得出來的利息也屈指可數，結果兩批收帳的人馬狹路相逢，就打了一架，當時自己這邊的人多，占了上風，現在對方是來討回場子。

從網咖走出來這邊的少年老大叫阿國，他折了折手指，倒也沒有露出害怕，打上門來的人，打回去便是，他們這個年紀，還不懂什麼叫做逃，也或許懂，但不屑懂。

兩邊一言不發，鋁棒跟赤手空拳就打了起來。

髒話跟幹字滿天飛，上頭公寓的燈光紛紛亮起，低頭一看又是網咖那群人在鬧事，住在這裡的住戶暗自哀嘆倒霉，拿起電話報警的速度迅猛流暢，可見平時沒有少打轄區派出所的電話。

兩邊打了一陣，流血的流血，腫成豬頭的也大有人在，巷子外傳來警車的聲音，兩邊罵罵咧咧，「幹你娘，下次不要再讓我遇到！」、「雞掰咧，你們注意一點，老子帶開山刀砍死你們！」、「條子來了啦！」、「幹！」

開溜時還不忘互相撂下狠話，逞兇鬥狠至少要出一口氣。

不過警方也不想大半夜帶著一群不良少年回警局，免不了又是一陣通知家長的雞飛狗跳，搞不好還會在派出所的椅子上打起來。

別說不可能，這也不是沒有發生過的事情，當時連員警都撩下去，挨踢了好幾腳。

警車在遠處就鳴笛，開到巷口還特意停了一會兒，果然下車的時候，少年們已經鳥獸散，連影子都沒看見。

警察們抽支菸，充耳不聞樓上的抱怨聲，又過了一會兒，警車開走，巷子裡恢復寧靜，住戶們回去床上睡覺，盤算著如果能有錢，就賣掉這裡搬去重劃區，聽說那邊全是高級住戶，秘書小姐穿短裙跟黑絲襪，外送都有人送上樓。

睡吧，夢裡什麼都有。

網咖少年中的老大阿國，今年剛滿十七歲，打完一架乾脆不去收債了，他搖搖晃晃的走回家。

他家在公寓五樓，算不上有錢家庭，但媽媽是國中老師，對他的成長教育，絕對不能說是不用心，但阿國不知道怎麼的，就長成了這副全世界都對不起他的刺蝟模樣。

阿國高一都沒讀完就休學，轉學去技職學校，結果學校太爛，沒學到一技之長，反而成為少年流氓群的老大，專門收帳。

反正未滿十八歲，刑責都要打個折扣，他還沒進去過少年觀護所，說進去了才會變成「大尾」他心裡有點期待。

他打開家門，媽媽又在門口等他。

「你怎麼又這麼晚回來？」、「你又跟人家打架了？」、「我不是跟你說過，不要跟那些人混在一起！」

阿國本來看到媽媽坐在客廳昏黃燈下，心裡還有一絲的愧疚，頓時被這些話語趕得煙消雲散，他吊兒郎當的站在門口，一抹滿頭的血，剛剛被鋁棒敲了幾下，現在還有點暈。

「什麼叫那些人？我跟妳說，我現在是他們的老大！」

「老大？你混黑社會有什麼前途，我跟你說，我給你錢，去把刺青洗掉！我看一次噁心一次！」

「妳不要看就好了啊！」阿國不耐煩。

「你刺在手上，以後找工作怎麼辦？人家都要用正正經經的好孩子，誰想用流氓底的……」

「老太婆，囉唆死了！」

阿國揮開媽媽，逕自走進房間，這些老掉牙的話他才不想聽，刺青就是歧視？這也太落伍的想法了，他身上這刺青各有意義，左龍右鳳，他還要去刺背，圖案他都想好了，就關公。

忠肝義膽，多帥。

阿國又晃了晃腦袋，他隨便脫掉牛仔褲，就躺到床上去，他今天挨了好幾下，滿身都是血，但他當然不是吃素的，也讓對方吃不完兜著走，可是現在頭好昏，連洗澡都懶，而且他洗完澡不喜歡穿衣服，只穿一條四角褲，這樣又要聽老太婆碎念，說不定看到傷痕還要大驚小怪地送急診，他光想就心煩。

他翻了個身，決定天亮之後，趁老太婆出門上班再洗。

但他的頭好昏沉，他閉上眼睛，朦朦朧朧之間，好像看到老太婆走進來的身影，他無力的閉上眼睛，頭一瞬間越來越痛，老太婆好像在哭，哀號般地哭，但他沒有力氣睜開眼睛，罵她在哭三小。

他的頭忽然陷入一陣劇痛，好像又回到了今晚打架的場所，他到底正面挨了幾次鋁棒，他也記不起來了，意識越來越飄渺，只剩下老太婆的哭聲，但他已經回不去了。

老太婆，不要哭了。

媽媽，不要哭了。

他想講，卻說不出來了。

＊＊＊

蘇方琪穿著襯衫跟七分褲，綁著馬尾，胸前掛著銀色的幸運草項鍊，還有一張社工師的識別證。她手上抱著大疊的資料夾，喝著咖啡，準備走進市政府的大講堂。

今天是北區的社工分享會，大家會交換手上的個案跟一些輔導方式，互相激勵彼此，理解最近社福界的狀況跟政府的新政令，但她要走進去之前，手機響了起來，她側身稍微讓開入口，接起電話，只講幾句而已，她就神色驟變，幾乎握不住手機，她深深吸一口氣，還是走進講堂，找到自己的位置。

但她此時已無心在今天的分享會議，她趁著台上的講師開場，趕緊打開筆電搜尋，果然新聞已經出來，雖然好幾家媒體都有報導，但標題大略相同，內文也沒什麼差別，看來沒受到多少矚目。

「毒品氾濫，未成年少女旅館吸毒過量致死！」

「援交少女在旅館吸毒過量，嫖客趁夜開溜。」

「少女被毒品控制，援交買毒。」

這類的標題出現在螢幕上，因為未成年的關係，沒有披露姓名跟照片，但蘇方琪很清楚，這是她手上的個案，楊茹蘋。

蘇方琪的手輕輕顫抖，這個案她已經跟了兩年，起先也是因為吸毒被逮，勒戒了一個月後，由少年觀護所轉到她手上來，她跟楊茹蘋說不上是特別熟識，畢竟楊茹蘋跟其他個案一樣，渾身是刺，很難接近。

但兩年的時光，足夠讓楊茹蘋願意跟她對話了。

楊茹蘋不喜歡吸毒。她愛美，那種吸完毒品之後，無法控制自己，在鏡中看見自己如死人的模樣，讓人膽戰心驚。

但她有太多想要逃避的東西，她不喜歡她的繼父，不喜歡繼父總是找藉口睡在她的房間，楊茹蘋索性吸毒，她大笑大鬧，在房內天旋地轉，一切是她的舞台，即使被強姦，也像是一種幻夢。

蘇方琪想了很多方法幫她，但即使通報性侵，機構介入調查，楊茹蘋也全盤否認，更不願意進醫院做任何檢驗。

因為她的媽媽需要錢、需要有地方住，能夠養楊茹蘋跟新弟弟的地方。

蘇方琪跟她聊了很多次，媽媽的需求，不是她的需求。但楊茹蘋從小就被媽媽灌輸，如果不是懷了她，也不會嫁給爛男人，遭逢不幸的人生，再也無法獲得幸福。

因此在楊茹蘋離經叛道的表層底下，她一直覺得自己是個沒有必要的存在，而這樣的她，不管遭受什麼樣的對待都沒有關係。

楊茹蘋逃家很多次，一開始住網友家，吸毒之後被網友性侵，接著就開始收錢，最後援交。

對楊茹蘋來說，反正都是吸毒之後給人家幹，全是一場夢，不如收錢，她也需要錢來吸毒，好讓人繼續幹她。像是一種迴圈，她順理成章，也不想掙扎。

聽起來很令人無能為力，但經過蘇方琪兩年的輔導，狀況真的有好轉。

楊茹蘋再過幾天就滿十八了。

她考上很爛的大學，幾乎要倒閉，連下一屆都招生不到學生的學校，可是在高雄，離台北很遠、很遠。媽媽說她可以不用回家，因為車費很貴，楊茹蘋裝作不在意，說她會去打工賺學費，但她來找過蘇方琪，興高采烈的說她終於成年了。

成年了她能去正經的地方打工，不再需要援交。

她想去照相館打工，她有個攝影師的夢，她對鏡頭沒有安全感，卻意外喜歡替人拍照，她總能捕捉那一瞬間消逝的神情，如同她人生中珍稀可憐的快樂時光。

她還有個ＩＧ，身邊的朋友都不知道，只加網友。蘇方琪幫她看大學申請自傳的時候，才得以窺見，上面沒有楊茹蘋任何的照片，她不記錄生活，只放她拍到的人。

為什麼楊茹蘋會在滿懷希望的這個時候吸毒過量？

蘇方琪想不透，也覺得自己陷入問號，這些年的陪伴全數化為烏有，她以為自己做到了什麼，但其實什麼都沒有，楊茹蘋死了，變成新聞上被譴責的標籤，變成所謂社會性結構問題的一環。

沒有人知道，這個吸毒少女有一個拍了上千人笑顏的ＩＧ。

台上的講師更換了好幾次，蘇方琪幾乎無心聽下去，分享會幾乎都是結案的個案，但怎麼樣說是結案？

每個社工師都會反覆地詢問自己，即使設定了中、短、長期目標，但一個人要如何走在社會的鋼索上，而不再墜落，或者一直擁有可以接住自己的保護網，是一道永恆的難題。

台上的分享，總是順利結案的case，回家住了、找到工作了、回到學校了，終於滿二十歲了。

可以結案了。

但什麼是結案？立即性的危險消失了，回到社會的正軌，但他們內心的創傷撫平了嗎？

蘇方琪感覺到呼吸有點不順暢，她偷偷去了廁所。

她坐在馬桶上，深呼吸，又忍不住繼續想楊茹蘋的事情，她跟楊茹蘋的家人不熟，主要是楊茹蘋的母親對社服單位總是不假辭色，蘇方琪問過楊茹蘋，媽媽到底對繼父的所作所為知道多少？

楊茹蘋點了菸，在菸霧中說，媽媽上大夜班，從來都不知道。

但楊茹蘋的媽媽即使不知道，還是把她的不得已全都轉嫁給女兒了。更深一層，會造成楊茹蘋不願意反抗，自我認知低落的主因，還是在於原生家庭帶給楊茹蘋的影響。

這時候外頭傳來水聲跟壓低聲音的討論聲，兩個女人低聲交談，沒有防備廁所裡有沒有人，或許是蘇方琪坐在馬桶蓋上太久了，安靜得跟角落的廁所間融為一體。

「妳知道嗎？我們那邊的個案，前陣子走了兩個。」

「這也太慘了吧。自殺嗎？」

「都是意外。一個還是鬥毆之後死在家中。」

「而且還是未成年，新聞都有報，慘兮兮，差點被長官釘。」

「好衰……但我跟妳說，我聽說新北那邊也是。」

蘇方琪原先想推門出去，卻聽到外頭有交談聲，她有些不好意思，乾脆就再等一會兒。

但她越聽越皺眉，最近死了這麼多小孩？

未成年的確是不好帶的案子，少年、少女們的情緒波動起伏大，自我認同又因為家庭、社會、校園的關係互相拉扯，無法順利強壯，就像是無法褪去外殼的蝶，想要振翅，卻又被蛹困住。

她現在不太確定是單一個案的問題，還是未成年的社福安全網出了什麼問題，有人發現這件事嗎？又或者她只是剛好因為楊茹蘋的關係才心生疑竇？

她想知道更多的消息，但社工們除非轉介個案，否則通常不會共享手上的資訊，她只能冒險試著問問看。

蘇方琪推開門，外頭的兩位社工驚駭的看著她。似乎沒料到，也會有人中途離席分享會，溜到廁所來。

「不好意思，妳們剛剛說的未成年死亡案件，方便告訴我個案狀況嗎？」

蘇方琪沒有拿到那兩個案件的資料。

畢竟對未成年的保護相當嚴格，任意洩漏個案資料是嚴重的問題，而大家避談無法結案的 case 也是慣例，機構跟機構之間通常不互相支援。

但蘇方琪上網搜尋了幾頁，還是找到今天那兩個社工師聊的內容，沒什麼特別的線索，就是幾場意外，死了幾個孩子，媒體沒有大篇幅報導，有些甚至只有網路新聞。

但這真的沒什麼特別的嗎？

這些個案還是被媒體注意到的，許多不良少年、少女，因為吸毒過量、打架鬥毆、離家失蹤等等，從家庭跟校園的網絡內消失，只要家屬不積極尋找，幾乎都石沉大海。

再也回不到陽光底下，成為通報案件中的黑數。

但黑數不代表他們真的失去了生命，而這幾件案件的相隔時間都很接近，真的只是「意外」嗎？

她決定從楊茹蘋的案件下手，至少這件她有著力點，她帶著楊如蘋傳給她的入學通知書，去到警局報案，希望讓警方知道，楊茹蘋或許不是簡單的吸毒過量？

接待的警方雖然客氣，也很友善地說明了驗屍報告，楊茹蘋體內的海洛因濃度，幾乎是致死量的好幾倍。

現場援交的嫖客佐證楊茹蘋在他面前吸食助興藥物，他原先以為只是一般K他命，可以讓楊茹蘋更嗨，放得更開。卻沒想到他們根本還沒有開始性交易，楊茹蘋就已經不斷抽蓄、呼吸急促。

他一開始就知道楊茹蘋未成年，是「好這味」才會特別搜尋別人的分享文，楊茹蘋配合度高，願意出示身分證，是貨真價實的未成年，特地花大錢買一晚。

沒想到什麼都還沒有開始，楊茹蘋就一副中風的樣子，他當下怕被警方抓，嚇得衣服還沒穿好就奪門而出，也是櫃檯機警，看到嫖客慌慌張張的樣子，趕緊推門進去，才把楊茹蘋送醫，只可惜到院之前就已經ＯＨＣＡ。

警員看在蘇方琪的社工身分，友好地透露這些案情，但蘇方琪只有無力的一張入學通知書，什麼都證明不了，且警方已經結案，楊茹蘋的屍體被家屬用最快的速度火化，真的人生如煙，只剩下灰燼。

但蘇方琪總覺得不對勁，她還想再說些什麼，警員只能愛莫能助。

警員把蘇方琪送到門口，警局的電動門再次關上。在她身後，一名這個月剛報到的年輕警察周政，翻看著手上的案件資料，悄悄地登入內部系統。

周政剛剛聽見了蘇方琪跟學長的對話，他直覺認為蘇方琪是對的，但這個案件已經結束，他還能做什麼？

蘇方琪離開警局之後，坐在對街的咖啡館，作為社工師的無力感，在剛入行的那幾年逐漸累積，常常萌生離職的衝動。

因為社工這麼渺小，社福資源這麼少，人力永遠不足，案件堆積如山，社工總是疲於奔命，被社會大眾寄望為社會安全網的守門人，一但發生新聞案件，總是會說社工到底在幹麼？

她只能說服自己，如果離開了就永遠沒有改變的可能。

後來，跟其他同期的社工師比起來，蘇方琪成為少數留下來的人，但連蘇方琪自己都不知道，她是說服了自己，還是只是麻痺了。

她拿出筆記本，開始整理著這兩年對楊茹蘋的輔導資料，試圖找到疑點。卻沒有什麼突破，茹蘋的確做過援交，也吸毒，僅憑一張入學通知，不能代表什麼，人的性格跟行為不會是線性思維，很容易反反覆覆，有時候以為好轉，有時候又全然倒退。

她無意識地在紙上寫字，這半年內有被報導的未成年死亡案件，共有六例，都在雙北，全都是意外死亡，但死因不盡相同，死者年齡介於十三歲至十七歲，但除了這點以外，幾乎沒有共通點。

她把幾個死亡地點標示出來，但因為新聞資料不夠詳細，沒有辦法確認這些死者有沒有地緣關係，只能從新聞線記者的名單來大概推測，都是雙北地區的案件。記者也有地域性，不太會跨縣市報導。

「我可以坐這裡嗎？」

蘇方琪抬起頭，是一名斯文的男人，戴著眼鏡，頭髮很短，還有一點警校生的味道，蘇方琪作為社工，進出警局已經是家常便飯，她很敏銳的察覺，對方也是警察，但這正是她所需要的，她點點頭。

「你要喝什麼嗎？我請你。」

「警察收受賄賂是要被罰的。」對方笑笑，直言不諱自己的身分，「而且我剛去櫃檯點好了。我叫周政，剛調到海山分局。」

「噢……你好。」

蘇方琪打完招呼就沉默，她胡亂的把桌上的紙收了起來。但其實也沒有隱藏的必要，她連這些案件的關聯性都看不出來，要是她能夠掌握更多的線索，就不會在這裡等待眼前的警察開口，說明來意。

「妳剛跟我同事說的話，我都聽到了。」周政喝了一口水。「老實說，我也覺得不太對勁，海洛因是很昂貴的毒品，死者過往的吸毒紀錄都是安非他命，我偷偷查過她的帳戶餘額，根本買不起海洛因。」

周政長驅直入，蘇方琪靈光一閃。

「你說的對。楊茹蘋的經濟狀況不好，她沒有錢買毒品的時候，還會把精神科的藥物混在一起吃，她說過她只想要睡得著，不要做惡夢。」

蘇方琪激動，周政卻反而沉默下來。

他猶豫了一會兒，看著蘇方琪桌上的那些紙，印出了好幾則的新聞。

「這是其他的個案？」

「我不知道，我只是聽其他社工討論，最近有幾個孩子走了。」蘇方琪很謹慎。

兩人沉默了一會兒。

「是。」周政點頭，下定決心，「其他的案子也有相似的地方，都是不大不小的疑點，家屬沒有什麼意願查下去，警方也都很快以意外結案。」

「這我不意外。」蘇方琪點頭。

很多不良少年、少女，都是家庭的毒瘤，長期以來侵蝕家庭的和諧，給父母親帶來痛苦，他們是最不願意追究的家長，尤其是進過少年觀護所的孩子，家長多數都已放棄他們。

他們死了，無能為力的家長其實也鬆一口氣。

「但你為什麼要告訴我？」

「因為妳在意楊茹蘋。」周政直視著蘇方琪，他眼神清澈，搔搔還沒很長的頭髮，「學校的老師說過，所有的案件都要先當成他殺。」

「為什麼這些案子都很快結案？」蘇方琪問。

「因為沒有人有殺人動機。他們雖然輟學、混黑道、搞援交、吸毒，但實際上都沒有惹上什麼大麻煩，有一樁是亂棍打死，我們把一整批人都抓來偵訊，也查不出致命傷是誰動的手。而且沒有人是真正跟誰結仇，也沒有大到足以殺人的利益糾葛，他們之間最大的借款也不過幾萬元，當然殺機有時候不是看金額多寡。」

「那你想跟我說什麼？」蘇方琪困惑了。

「我總覺得哪裡不對勁。而妳帶來的入學通知跟那個ＩＧ帳號，提醒了我，不管他們表面上看起來是什麼樣的人，都有他們想要的人生。」

「你才是警察。」

「要重啟已經結案的案子，除非找到關鍵性證據。」周政直言不諱。「妳比我熟悉這一塊，或許可以找到新的線索，我們對未成年的世界不太了解。」周政終於開誠布公。「只要一點線索，我就能說服局長重啟調查！」

蘇方琪挑眉，周政的出現讓她驚喜也意外。外洩死者案件資料，可能會讓眼前這個年輕警察的未來蒙上陰影，而且與體制外的人合作，是相當冒險的選擇。

「你的意思是要給我死者資料。為什麼要冒這麼大的風險？」

周政搔搔頭，「我高中考警察大學的原因是我想改變這個社會。當然現在聽起來很幼稚，很多事情是結構性問題。」

蘇方琪沉默了一晌，這也是她選擇社工系的原因，或許他們都是無能為力的人，畢竟永遠都是結構性問題，但他們還是希望自己能做點什麼。

她把手邊的筆記本轉向周政。

周政在上頭寫下了幾個死者的戶籍地址，他很謹慎，沒有帶出任何資料，全部記在腦海裡，蘇方琪看著地址，全都在新北人口密集處，從土城到中永和、新莊、板橋、三重。

看起來沒有什麼關聯，但攤開地圖來看，這些地方全都彼此連接。

拿到那些青少年的住址後，蘇方琪先去了楊茹蘋家。

楊茹蘋屍體很快火化，連告別式都沒辦。

楊茹蘋的母親讓蘇方琪進門之後，就沉默了很久，蘇方琪不知道該說什麼，她不確定自己把這些疑點告訴這位母親，會不會是一件好事？

楊茹蘋的母親很久以前就當作自己沒有女兒了。

她跟後來丈夫生的小孩還不到兩歲，還在客廳咿咿呀呀地玩，兩個人對看無語，只有小孩子的聲音帶來一點熱鬧。

「我很抱歉。」蘇方琪開口道歉。不管事情真相如何，她陪了楊茹蘋兩年，最後卻是這種結局，她很內疚。

甚至她自己都懷疑，她這樣緊緊抓著薄弱的疑點不放，是不是因為罪惡感的緣故？楊茹蘋吸毒跟援交都不是第一次，而是無數次了。

「不用跟我道歉。」楊茹蘋的母親搖頭。楊茹蘋不跟她姓，她叫張月。張月以前做酒店，嫁了新老公後，就在菜市場跟新老公一起賣豬肉，「我自己的女兒是什麼樣子，我很清楚。」

過去兩年的家訪，這句話張月常常掛在嘴邊。

「但我還是覺得有些地方奇怪。」蘇方琪忍不住開口。「警察說，海洛因是很貴的毒品，楊茹蘋不一定弄得到。」

「皮肉錢有什麼買不到？」張月笑，眼底卻沒有笑意。

張月常常想，這不是一種報應，而是遺傳。

她生下來的女兒長得好，也很快開始用外表賺錢，她其實也沒有瞧不起女兒，畢竟她自己也是。但她最恨那些不三不四的人，常常找到家裡來，嘻嘻哈哈的在外頭，要女兒跟他們出去玩。

這讓張月總是抬不起頭來面對現任丈夫。

那種時候，她就會緊緊抱著小兒子，小兒子跟姊姊只有一半的血緣關係，又是男生，必定不會走上這樣的路。

「楊媽媽妳聽我說。」

「我老公姓陳。」

「……陳媽媽，楊茹蘋原本下個月準備去高雄唸書。」

「那樣的人，去了哪裡都一樣。」張月眉眼冷淡。

蘇方琪不知道為什麼，起了一把無名火，她知道這樣不對，違反她的所學，她應該陪伴、支持、同理，包括個案家屬。

因為每個墜落的人都是沒有被接住，不是他們本身的錯，這個世界原本就充滿漏洞，險象環生，人要落入危險，不是人的錯。

但張月的態度讓人憤恨。

張月作為一個母親，她什麼都不知道，她把稱之為不得已的放棄，轉嫁在女兒身上，讓楊茹蘋從頭到尾都否認被繼父性侵。

楊茹蘋甚至說過，一但蘇方琪講出來，害她媽媽沒地方住，她就得為此付出更大代價，她必須扛著更深、更沉重的家庭責任。她寧願維持現狀，讓媽媽有個寄託，讓她有機會逃。

可是楊茹蘋死了。

不僅沒有告別式，在這個家連臨時靈堂都沒有，如果人死後真的要在陽間飄蕩七天，那她是不是連一碗腳尾飯都沒有，她有衣服穿嗎？她死的時候害怕嗎？她現在還害怕嗎？

「妳知道楊茹蘋跟妳丈夫之間的事情嗎？」

蘇方琪的話從喉間衝出來。

張月一僵。從她的神情看來，她並不是一無所知。

但張月起身，踩著怒氣的步伐，連在玩積木的小兒子都嚇得嚎啕大哭，蘇方琪沒有辦法，只好先抱起稚嫩的幼兒拍哄，直到張月拿著紙箱出來，裡面亂七八糟堆著楊茹蘋的衣服跟化妝品。

張月把紙箱摔在蘇方琪面前。

「我很早以前就當作這個女兒死了。現在也是！」

沒什麼好說的了。

蘇方琪抱起那堆紙箱，走出陳家大門，依稀還聽得見張月哄幼兒的聲音，但在聲音以外，她似乎聞到了什麼。

她回過頭，客廳一角的佛桌燃起細細的煙霧，檀香的香氣散開，籠罩著這個家，佛桌上一尊菩薩像垂眸看著世間，好像聽見了這個家的哭聲又好像什麼都沒聽見。

蘇方琪走到自己車上，把紙箱扔進去，因為用力過猛，摔落在後座，她片刻後才能冷靜地從裡面撿起一台數位相機。

相機檔案內，是她未見過的楊茹蘋。

楊茹蘋素著臉，臉孔毫無妝彩痕跡，長年戴在耳朵上繽紛閃亮的耳環跟耳骨扣也全都取下來，她把頭髮別在耳後，獨自趴在床上，穿著素淨的白色上衣，拿著相機拍自己。

她好像別無所求，就只是拍下乾乾淨淨的自己。

畫面裡的楊茹蘋透著光，身後的窗簾輕輕飛起，她蜷曲在床上，像嬰兒一樣，或許那就是她最想要的樣子，乾乾淨淨剛出生的時候。

她又繼續翻，楊茹蘋斷斷續續拿著這台相機記錄自己，相較於手機跟那個ＩＧ帳號，這個沒有對外連接網路的相機裡，才有她存在的空間，蘇方琪不斷翻閱檔案，但沒有什麼特別的，楊茹蘋總在不同的地方過夜，有不同的背景，但她從未讓其他人入鏡。

這是屬於她的地方。

忽然最後一個檔案，吸引了蘇方琪的注意，上頭有個小小的三角形播放符號，這是影音檔？

蘇方琪點開，背景看起來是楊茹蘋現在的臥室，蘇方琪進去過幾次，認得陳舊的書桌跟狹小的上下鋪床架，楊茹蘋對著鏡頭說話，神情迷離，表情顯得渙散，視線沒有焦距。

明顯是在吸毒或者服用大量藥物的狀態下。

她語速緩慢，聲音輕微，蘇方琪反覆看了好幾次，才確認一字一句。

她說：「人到底為什麼要活著呢？如果存在只能帶來痛苦，那還有什麼意義，她說每個人都有要了結的孽緣，我們這輩子還會相見，只是因為互相積欠，真的、真的只是這樣嗎？緣分是這麼的讓人討厭嗎？那是不是我的消失，對大家都好？我知道妳也不想要我。一開始就是。現在也是。」

看不出來這段話有特定要傳遞的對象，或許是媽媽？也或許只是一種自我懷疑的問答，但蘇方琪看了日期，是楊茹蘋死前一個禮拜，她在死前回過家裡？

張月非常痛恨她在家裡使用毒品，尤其是弟弟出生之後，連帶楊茹蘋自己也有自覺，不太會讓弟弟吸食到有毒煙霧。

那她為什麼會在這種狀態下，在家中拍攝這段影片？

張月知道她回來過嗎？

蘇方琪又去了幾個周政給的地址，無一例外都是差不多的狀態，家屬或許哀痛，但也透著早知會如此的絕望，這些死去的少年、少女們都進出過少年觀護所，年紀輕輕，身上卻背負著數條罪名，而且反反覆覆，偷竊、吸毒、援交、勒索，甚至還有妨礙人身自由。

幸福的家庭都是相似的，不幸的家庭各有各的不幸。

但或許也沒有那麼大的差異，多數的變異都來自於原生家庭。

沒有一個孩子會自己壞掉。

蘇方琪不知道自己在尋找什麼，這些生命就像被社會淘汰的不良品，沒有辦法社會化，從體系中墜落，早早輟學，在陰暗的地方獨自前行，直到被黑暗吞噬。

除了這些以外，她找不到任何個案的共通點，仰賴她的社工師身分，她雖然得以一窺這些家庭的樣貌，跟母親或者父親交談，但仍然一無所獲。

走到最後一個地址的時候，蘇方琪已經相當疲憊。

她按響公寓的電鈴，傳來低沉的女聲。

「您好，我是蘇方琪，是青少年福利機構的社工師。」

對方漫長無聲。久到蘇方琪以為對方已經掛斷，只剩下那微弱接通的電子雜訊。

「有什麼事嗎？」

「我想跟您聊聊建國的事情。」

「為什麼？」

「雖然建國不是我負責的個案，但我想暸解建國最後生前的狀況，或許我們……」

「妳不覺得現在說這些太晚了嗎？」

「……很抱歉。」

蘇方琪臉色臊紅，不自覺汗流浹背，入秋的天氣涼爽，她今天碰過哭泣的家屬、憤恨的親人、不肯面對的父母，但從未聽過這樣冷漠的語調。

在這樣的質問底下，她不禁懷疑，自己是不是只是揭開別人永遠不會痊癒的傷疤？

她幾乎想立刻落荒而逃了。

「上來吧。我家在頂樓，妳得爬一下。」

公寓一樓脫漆的暗紅色大門向她敞開。

蘇方琪慢慢爬上去，李建國就是那樁圍毆致死的案子，但他不是當場死亡，而是回家之後，因為腦震盪而死在家中，他的母親李依珊是最後一個見到他的人，但救護車抵達的時候已經來不及，送醫後因為腦出血而判定腦死。

蘇方琪坐在客廳時，淺淺的檀香氣味縈繞在客廳，客廳收拾得相當乾淨，雖然是老公寓，卻看得出來家人的工作跟知識水準都相當不錯，餐桌後方是一整面的書牆，有很多的佛書跟經典文學。

李依珊端來一杯熱茶，茶葉輕淺在杯中漂浮。

兩個女人面對面都很沉默，李依珊好像沒有什麼話要說，也不想知道蘇方琪為何而來，蘇方琪感覺很不自在，李依珊的眼神沒看著她，卻又似乎牢牢地盯著她的一舉一動。

蘇方琪率先打破沉默。

「李媽媽，建國生前有什麼不尋常的地方嗎？」

「他什麼時候正常了？」

「我的意思是……有什麼不尋常，是會造成他死亡的原因？」

「他去跟人家討債，每天打架，連醫生都說，腦震盪不一定是當天的傷，很可能是舊傷引發。」

「那他死前有說什麼嗎？」

「老太婆，囉唆死了。」

蘇方琪一愣，「什麼？」

「老太婆，他已經很久沒叫我媽媽了。那天他快天亮才到家，我在客廳等他，他嫌我囉唆。」

李依珊的臉空洞、平板，沒有任何表情，彷彿無關緊要，兒子的遺言只有這句，連媽媽都沒有叫出口。

蘇方琪猜測不出李依珊的想法，愛的反面不是恨，而是冷漠，李依珊不可能不愛自己的兒子，她到兒子臨死前還在等門，但為什麼這麼冷淡？還夾雜著冷漠的覺悟。

蘇方琪尷尬地藉著喝茶的舉動掩飾自己的目光，注意到書櫃最後一排散落著教育以及心理學書籍，李依珊注意到她的視線，開口嘲弄自己。

「看再多怎麼教小孩的書都沒有用，我還是一個失敗的媽媽。」

「不要這麼說，很多個案都有家庭沒辦法解決的部分……」

「我知道。我是國中老師。」

李依珊終於也開始喝茶，這讓蘇方琪放鬆了一些。

「我從建國出生，就規劃好他的一切，我給他最好的教育、最符合教養書的環境、最穩定的日常作息，他為什麼還是這樣？」

蘇方琪沉默，她不知道答案。

「我哪裡做錯了嗎？我一再放低標準，我本來要他上最好的學校，後來只希望他能畢業，最後只想要他好好當個人。」

李依珊的目光越過蘇方琪，注視著虛空，眼底浮現深深的疲憊與不解。

她的要求這麼低，為什麼兒子就是做不到？

蘇方琪無話可說。

活著本身就是一件艱難的事情，不是每個人都可以理解。

放低標準，則是對待瑕疵品的退讓，李建國絕對說不上是善良的孩子，過失傷人、恐嚇取財、妨礙人身自由，一條又一條加諸於身。但日日夜夜在李依珊的這種目光下，蘇方琪也不敢保證自己會是什麼樣子。

李依珊不再說話，蘇方琪又聞到了那種淡淡的檀香味。

跟一般的檀香不大一樣，後端的尾韻帶著女香的芬芳，她下意識尋找香味來源，在客廳的角落看見小佛桌，擺著一尊白瓷燒製而成的菩薩像。

蘇方琪腦海中閃過今天拜訪的家屬面容，在她們述說的痛苦背後，都有一尊垂眸看世間的菩薩像。

只是巧合嗎？

「我是社工，主修心理跟兒童教育。」蘇方琪輕輕開口，迎上李依珊的目光。「我一直在輔導少年個案，經手過的案子數百件，有的消聲匿跡，有的成功完成長期目標，結案離開。」

蘇方琪又喝茶，換李依珊靜靜等待。

「但我的女兒國中輟學離家之後，再也沒回來。」

李依珊的眼裡出現波動。

蘇方琪繼續說：「我報警、四處找，調她的通聯紀錄出來，一個一個打電話問，但找到了又跑，她要我不要浪費時間，說她永遠不會回家。」

「……我兒子也只把家裡當旅館。」李依珊同意。

「我跟她有母女關係，我不能經手她的案件，我從來不知道她在外面做些什麼，我每天看著手上的孩子們荒唐，我都在想她是不是也這樣子過生活？」

「妳還希望她回來嗎？」

「她死了。」蘇方琪開口，意外自己竟然可以這樣談論女兒了。「有一天警察通知我去認屍，我只看了一眼就知道是她，我不知道死因，只知道她醉倒在街頭。她死了，再也不會回來了。」

「但她仍然有罪！」

李依珊忽然嚴厲了起來。

「妳作為母親，也有責任。」

「什麼？」蘇方琪不懂。

「愚昧嗔癡，不明人生，她神智混沌，累積惡緣。」

「妳是指……前世因果？」

「累世所加。」

李依珊站起來，走到那張小佛桌，抽出五炷香，點起打火機，火焰燒起。那股淡淡的檀香味，混合著芬芳的女香，立刻濃郁了起來。李依珊示意蘇方琪走過去，蘇方琪看著李依珊往白瓷香爐插香。

這時候她才發現，這尊菩薩與眾不同，她比一般觀音多了兩隻手，身側兩隻手各拿刀與劍，從腹中伸出的小手則懷抱著嬰兒，嬰兒吸吮母乳，菩薩像裸露胸膛。

李依珊把最後一炷香留給蘇方琪，蘇方琪接過，一瞬間卻看見菩薩的眼睛睜開，如惡煞般迎面撲來，她忍不住往後退，卻踩進血泊，嬰兒的小手攀附上她的小腿，狠狠張嘴咬著，大聲啼哭。

她駭然驚叫，卻被一隻青色的手摀住嘴巴，李建國的鬼魂出現在她臉頰側邊，腦殼上凹陷，裡頭是濃稠腦漿，慘白雙眼流出血淚。

蘇方琪手上的煙灰掉落，燙得她縮手，幻覺終於消失。

她餘悸猶存，聽見室內出現撞擊的回音。

是李依珊。

李依珊跪在冰冷的地板上，以額撞地，規律的撞上地面，力道之猛，讓地板竟然開始出現血漬。

「求真尊慈悲，求真尊慈悲，帶著建國在身邊修行，別讓他墮入無間之道。」

蘇方琪趕緊抓住李依珊的肩膀，李依珊回頭看她，額上紅腫一片。

「都是罪，我兒子的罪，妳女兒的罪，我們做媽媽的罪。」

二、蟻后的巢穴

周政把案子的資訊透露給蘇方琪後，他還是放不下楊茹蘋這個案子，海洛因是昂貴的毒品，以楊茹蘋的經濟狀況，會選擇一些搖頭丸、咖啡包、安非他命，甚至混在一起服用，都比海洛因便宜。

而且半年內，至少有類似七個案件，都有著這種不大不小的疑點。李建國那個案子他也很懷疑，鬥毆返家之後才腦震盪致死，但致命傷卻不符合現場找到的任何兇器，當然醫師也開出證明，說明很可能是舊傷復發。

可是沒有決定性的兇器，就沒辦法找到決定性的兇手。

還有意外落水，體內卻驗出高濃度酒精；飆車摔落山谷，煞車皮卻已幾近磨損殆盡；過量服用藥物，卻找不到藥物來源。

這些案子都被當成意外處理，沒有人會追查，也沒有人在乎。

但這些很微小的不對勁，就讓他相當在意，他不能把希望全部寄託在蘇方琪身上，畢竟他才是警察，如果說蘇方琪是社會安全網的防線，那他就負責狙擊已經落出網外，且傷害別人的犯罪者。

他跟學長討論自己的想法，不免被勸阻不要多做無益的事情，但他認為自己還很年輕，他或許總有一天會失去這股熱忱，但為什麼要預先把自己活成以後的樣子？

周政把這幾宗案件整理起來，條列出案件的疑點，甚至跨局調出資料，找到負責的警員，詢問詳細的案情狀況，他好幾天不眠不休的整理，最後找上局長許益路。

許益路對周政很友善，他們同是警察大學畢業的校友，私底下會互稱學長學弟，警界的派系其實相當分明，同一個學校畢業，是相當穩固的人脈，許益路從一開始就要周政把目光放遠，在台北的警局磨鍊是好，但找到機會就要外放歷練，要是能夠當上局長，就有機會進入中央。

「來這裡還習慣嗎？有沒有什麼問題，你直接跟學長說。」

許益路和煦地詢問前來找他的周政。

周政不好意思笑笑，「報告學長，一切都很好。只是最近有些案子，讓我很在意，我想我們是不是可以……」

周政開門見山，直接向許益路說出自己的目的，他希望能夠成立專案小組，結合跨區警局的力量，重新調查這些案件，但許益路的態度卻很奇怪。

「不要浪費你寶貴的時間。」許益路斬釘截鐵地告訴他。

「但這些案子都有可疑的地方。」
「那些傢伙會幹出什麼事情來都不奇怪。你說的什麼吸毒、飲酒、服藥過量，這不就是他們天天在做的事情嗎？」
「是這樣沒錯，但……」
「退一萬步來說，家屬都不在意了，你在意什麼？」
許益路質問周政：「你不要沒事給我找事做，你以為可疑的案件就那些嗎？找不到兇手的陳年舊案多的是，你要真的有興趣，我讓你去總局整理資料。」
許益路用恨鐵不成鋼的眼神看著周政，他以為自己嚴厲的模樣可以嚇退周政，讓周政知道自己要成為他的子弟兵，不能執著在這種小事上，卻沒想到周政沒有理會他的暗示。
「證據很講求時效性，拖越久我們越不可能找到線索！」
「上禮拜的肇事逃逸你找到人了沒？強姦未遂的精液分析你拿回來了嗎？議員來拜託的賭場你去打招呼了？」許益路對局內的案子還是很熟悉的，一連串問題讓周政啞口無言。
周政說不出話來，他知道局內人力緊繃，永遠有調查不完的案子，大家都疲於奔命，但這不代表，這些孩子的命就沒有人在乎，家屬不想查，社會不想知道，還是有人會在意，像是那個拿著一張入學通知書來報案的女社工。

還有他。

「但我不會放棄，如果局長你不讓我查，我就送特別申請。」

周政耿直地開口，他知道自己現在會得罪許益路，但他覺得許益路會理解他，許益路也是從警校畢業，即使懷抱的理想已經被現實消磨，但應當還可以容忍他的踰矩。

「……」許益路緊閉著唇，他在局內一向不怒自威，更別說現在他渾身散發著狠戾之氣。早年的警察都跟黑道打過交道，許益路也不例外，他心想自己火裡來水裡去的時候，周政都還沒出生。

「學長。」

周政哀求。

許益路的臉色越發難看，讓周政都感覺到膽戰心驚。但下一秒，他輕輕地笑了。

「真是拿你沒辦法。」許益路嘆口氣。「你想做什麼就去做，但我不會給你資源，你也別想調用其他人力，手上的案子更要準時完成。」許益路越發嚴厲。「別以為這是縱容，我只是要給你個教訓！」

「是！」被罵了一頓的周政卻很高興，他認為許益路果然還是可以理解他的。

周政回到位置上，他寫著文書報告，想打電話給蘇方琪，又覺得自己很丟人，他才是警察，他才應該查案，局長不想找麻煩，不願意給他人手，他只能自己調查。

周政開了系統，先查這些孩子們的日常生活，他想知道，他們都住在哪裡？吃什麼？買什麼？錢又都從哪裡來？

只是如他對蘇方琪所說，他對青少年這塊真的很不了解。

但他看著手機桌布剛出生女兒的睡顏，作為一個父親，他知道自己將畢生守護這個孩子，但也因為作為父親，他知道總有一天，這個生命會從自己身邊離開，拉扯出她的自我跟人生，而他雖身為最親近的人，卻很有可能變成最靠近不了孩子的原因。

他希望屆時也有人，願意接住他的女兒。

周政傳訊息給妻子。

「今天不回去吃飯，永熙可以留在我媽家，妳安心吃飯。」

妻子很快已讀，沒有回訊息，周政想問妻子晚餐吃什麼？但打了幾個字又刪除，妻子最近心情不太好，或許是因為什麼產後憂鬱症，他不明白那是什麼原因，醫生也說跟賀爾蒙有關。

年輕的警察，現在眼裡只有案件，不懂妻子的想法。

周政轉為打電話給母親，交代母親讓永熙多住幾天。母親很開心，隔著話筒都聽見她逗弄永熙的聲音，永熙也笑得很開心，周政心想，還是老人家比較有耐性。

他聽著母親報告女兒的大小事，喝了多少奶、尿了幾次，周政沒有真的記住，但也覺得自己聽得津津有味，最後跟女兒隔空 kiss bye，才掛斷電話。

只是直到他講完電話了，妻子還是沒回訊息。

＊＊＊

晚間十點。蘇方琪剛洗完澡，她老公許明達才到家。微醺的到家，倒在沙發上。

許明達是廣告導演，比身為社工師的蘇方琪還忙上十倍，尤其是拍片的時候，日夜交替，根本看不見人。他這幾年還有電影夢，常常晚上還招呼投資方去喝酒，暢聊理想跟電影。

蘇方琪不能說自己討厭這樣子的許明達，他們是大學同學，不同系所，因為上了相同的通識課而認識，課名早已忘記，大抵是當代電影這類的名稱，課程內容也全都不記得，但蘇方琪還記得自己為什麼喜歡許明達。

許明達在簡報的時候侃侃而談，彷彿全世界的電影都在他的眼睛裡。

蘇方琪從他眼裡看見世界。

只是當時年少，夢想還閃閃發亮；現在人屆中年，夢想成為百談且膩的婚後生活。

蘇方琪已經不想再聽許明達談論他那一百零一個故事，永遠的同一個故事，雖然長出了不同的模樣，但也從來沒有投資方願意買單。

不過蘇方琪從未讓許明達知道這件事。

她自己也忙，說不上是稱職的妻子，她心虛的擔憂自己如果抱怨許明達對家庭的付出不足，就會遭到丈夫相對應的回擊。

這幾年，她總是覺得自己是網中蜘蛛，忙著消化資源，再吐絲縫補社會的網子，冀望能夠接住墜落的孩子，但網子縫隙很大，從天而降的孩子很多，有些是煙花，有些是火藥，她以身體為網，仍然承接不了。

她這幾年偶爾會遇到徒勞無功的困境，應該說常常都是。如同她的婚姻生活，無能為力。

許明達很快就洗好澡準備睡了。

他身上的酒氣還未全然消散，穿著成套睡衣鑽進被子，兩個人各據床的左右兩側，蘇方琪拿著 iPad 查資料，她輸入慈母真尊，但網路上查不到什麼資料，有幾個傳統民俗神佛名字，看上去有些關聯，點進網頁又不知所云，蘇方琪對民俗信仰並不精通，尤其台灣遍地皆教。

許明達安靜地滑手機，兩人沒什麼交談。

其實他們早該分房，家裡雖然小，也是兩房一廳，反正女兒已經不會回來，就算她搬去女兒的房間，也沒有人會在乎，只是他們一直沒有動手整理房間，好像把傷痛當成回憶，封存起來，這樣就會痊癒了。

「妳在看什麼？要去哪裡拜拜嗎？」

稀罕的，許明達湊過來，看了一眼她的 iPad。

「沒有啦。就最近有些奇怪的案子。」

「說來聽聽，給我當靈感？」

「個案資料不可以外洩……」

「妳化名不就好了。」

「我不知道，就是一些小孩忽然死了。」

「那不是很正常嗎？他們一直活著也是危害社會。」

「你知道我的工作，請不要說這種話。」

蘇方琪沒好氣的關掉燈，也鑽進自己的被子當中，不想看見丈夫的臉。

「是是是。」

許明達翻身，即使在這樣昏暗的光線中，蘇方琪都可以感覺到對方的自討沒趣。

「抱歉。」蘇方琪率先示弱，丈夫難得找她閒聊，她不想讓自己看起來是很無趣，只會潑人冷水的妻子。

丈夫悶聲，「但跟妳也沒關係吧？死了也是一種結案。」

「話不是這麼說，總覺得心裡有遺憾……」

「妳是社工又不是他們爸媽。而且妳夠忙了。」

「你比較忙吧？」

蘇方琪忍不住回刺，她不想吵架，只是覺得不平，但丈夫沒有回話，一如既往。

「反正就是家裡沒教好。」許明達臨睡前又嘟囔了一句。

蘇方琪全身繃緊，等待丈夫的呼吸聲平穩下來，她才小心翼翼的掀開棉被，走向客廳。

她赤裸著腳，踩在光潔的地板上，陽台的窗沒關，風吹進來，映照著月色，靠陽台的牆上露出斑駁的油漆。

她走過去，發覺裂縫的地方又長黴了，這條縫隙從交屋的時候就存在，當時還大費周章的找了建商重新灌膠、補漆，後來又發生了好幾次，縫隙裡仍然長年滲出水氣。

她跟許明達都忙，也就開始視而不見，沒想到現在黴斑已經長成了一大片，乍看下觸目驚心。

但她沒有力氣，也不想再修補牆面。

或許再過十年，她也會習慣這面牆新的樣子。她隨手一摸，卻發現手上都是冰冷的水，她又看，不是水，竟然是一掌的血。

牆面上汩汩流出血水，她嚇得往後退摔進沙發，眼前竟是楊茹蘋躺在廉價賓館內，一動也不動，旁邊的嫖客慌張地穿褲子，奪門而出。

她幾乎不敢呼吸，往前想碰觸楊茹蘋，楊茹蘋的臉色灰敗，跟活著的時候完全不同，她的指尖慢慢向前，伸出手幾乎快碰到楊茹蘋鼻尖，忽然她的手被側邊一把抓住，轉頭是慈母真尊的臉！

那張臉跟懷裡的嬰兒一同裂開嘴，可以看見內裡空洞、黑暗。

她嚇得放聲大叫。

「妳幹麼啊！」許明達被嚇醒。

蘇方琪睜開眼。

她還在床上。

她剛剛做惡夢了？

許明達揉著太陽穴看她，被嚇得不輕，枕邊人忽然撕心裂肺地尖叫，嚇得他從昏睡中猝然驚醒，差點暴斃，他搖了搖蘇方琪，要她回神。

「妳做夢嗎？」

「我看到了。」蘇方琪喃喃自語。「他們身邊都有那個東西。」

「妳到底在說什麼？」

「慈母真尊！死掉的孩子身邊都有祂，今天下午我在李建國家裡看到的不是我幻想出來的，我剛剛在楊茹蘋死的時候也看到了！」

「就叫妳不要管那些事情，睡前看那些，才會做夢也在想。」

「是真的，我真的看到了！」

「妳發瘋了嗎？」

「我沒有……」

「……快點睡吧，我明天還要拍片。」

許明達又躺回去，側身背對蘇方琪。

許明達很快地傳來打呼聲，蘇方琪卻再也睡不著，她睜大了眼睛，關聯性早已在眼前，她怎麼會視而不見？那股雖淡卻纏繞不散的檀香，還有菩薩像。

那些母親們家裡都供奉了菩薩像，這不會是巧合！

她從未見過神鬼之事，甚至偏向無神論者，從來不肯相信因果輪迴，如果要說今世果是前世因，那她永遠接住不了任何人。

她很堅持，活著的人受難，都沒有任何前世的罪。

她可以接受背負自己不知道的罪仍然有錯，但把一切不順遂跟難以解決都歸咎於個人的因果，那只是在世間所有安好之人讓自己心安理得的說法而已。

把那些災難標誌出歧異化，就能跟自己毫無關係。

她迅速爬起身，傳訊息給周政。

＊＊＊

那天之後，蘇方琪頻繁的做惡夢，甚至連白天都看見孩子們的鬼魂，有的時候是腦門破裂的李建國，有時候是躺在賓館沙發上一動也不動的楊茹蘋。

還有更多她無法辨認的孩子，死狀淒慘，在她意想不到的時候一一現身。蘇方琪的工作大受影響，她甚至以為自己精神狀況出了問題，但她向周政要求觀看那幾起「意外」死亡案件的照片時，竟然發現死者全都符合她看見的模樣。

除了屍體殘缺到無法辨認的以外。

蘇方琪終於告訴自己，這不是巧合，也不是許明達所說的日有所思，夜有所夢，更不是她的精神狀況出了問題，她沒有思覺失調，也沒有看見幻覺。

慈母真尊每次現身，都彷彿惡煞，身邊的鬼魂縈繞，孩子們的死因是否跟祂有關？還是這是慈母真尊的指示，要她去尋找真相？

這些頻繁的幻象，讓蘇方琪精神疲弱，她屢次做惡夢，吵醒熟睡的許明達，她只好搬去女兒房間，睡在女兒生前不肯讓她踏足之處，她環視這個房間，試圖想像女兒去了哪裡，但她毫無頭緒，也沒有任何的信仰，得以建構女兒未來生活之處。

而住進這個房間，讓她更寂寥了。

在這種狀態下，她開始慢慢跟李依珊聯繫，或許同為喪子的母親，李依珊對她的戒心很快消退，她們總是有太多的問題想問，卻都已經來不及，也有太多的自責跟愧疚想說，可是丈夫已經逃離。

李依珊的丈夫很早就跟她離婚，他說受不了李依珊神經質的個性，李依珊拖著不肯離婚，她的丈夫聽說已經另有家庭，李依珊也毫不在乎，她在意的只有自己的兒子，她唯一對丈夫的要求只有讓兒子改姓，跟著她姓李。

她當時跟丈夫說，兒子會是李家的光榮，但沒有想到最後會變成這樣。

太多的沒有想到了。

蘇方琪心想，她跟許明達剛買下新房子時，她懷著女兒曉真，他們想像過很多種可能性，女兒或許聰明或許不愛唸書、可能會有點叛逆、不知道個子高不高、是貼心的小棉襖，還是男孩子氣的頑皮鬼？

但她從未想過曉真會離她而去。

曉真起先不讓她靠近，最後去到她無法接觸的地方。

蘇方琪跟李依珊互相舔舐傷痛，李依珊終於開始說起慈母真尊的事情，她說要信仰真尊才能消去她們孩子的罪孽，慈母真尊是天下母親的化身，總隱藏在孩子背後。

蘇方琪在網路上什麼都查不到，但她還是試探著問：「怎麼樣才可以消去孩子的罪孽？」

李依珊起先不肯說，蘇方琪不敢急躁，花了很長的時間，忍受幻象一次又一次的侵蝕，李依珊才終於提起：「妳想不想替妳女兒贖罪？」

李依珊說，在世的孩子做錯事，會不斷地締結惡果，死去之後，必須在地獄受苦，如果做母親的不替孩子贖罪，孩子將會反覆在無常地獄輪迴。孩子的哭聲日夜迴盪，她們身為人母卻沒有聽見，更是罪大惡極。

「妳願意替妳女兒贖罪嗎？」

「好。」蘇方琪知道自己終於獲得李依珊的信任，李依珊跟她約在家裡外面，說要騎車載她去。

「道場不遠，大家都是騎車。」李依珊說。

這個不遠，卻騎了二十幾分鐘，她們到板橋區一處民宅，剛好晚間七點五十分。兩台破舊的摩托車也陸續停靠，李依珊跟她們打招呼。

「陳姐、張姐晚安。」李依珊看起來跟她們已經很熟，語帶責備：「妳們怎麼這麼晚？」

「李姐不好意思啦，剛剛煮飯來不及。」陳姐跟李依珊道歉，急急忙忙脫下安全帽，拔了鑰匙就走。

被稱作張姐的婦女很熱情的過來，她一把握住蘇方琪的手。

「沒事沒事，待會老師看到妳，就好了。」

什麼就好了？

蘇方琪很迷惑，但她沒有開口詢問，趕緊跟在她們身後，爬上了民宅公寓的五樓，五樓一進去還要再往上爬，加蓋的地方才是道場，道場不大，但已經排滿椅子。

四處散落著婦女，她們彼此交談，年紀約莫落在二十幾歲到四十歲之間。衣著簡單，白衣藍裙，蘇方琪還沒有「制服」，看起來相當顯眼。

李依珊立刻拉著她去跟老師問好。

老師看到她，很親切的微笑點頭，握住了蘇方琪的手。溫熱的雙手，輕輕包覆著蘇方琪，「辛苦了，做媽媽的都辛苦了。」

蘇方琪看著對方彷彿什麼都知道的雙眼，心裡的疑竇竟瞬間被溫柔覆蓋，她忍不住鼻頭一酸。

「她是什麼少年中心的社工，來找我聊天，我覺得她跟真尊很有緣，特別帶她過來。她姓蘇，方塊的方，玉部旁的琪。」

下一秒，哽咽的情緒被恐懼取代，蘇方琪冷不防地冒出冷汗。

她沒有向李依珊隱瞞自己的身分，但走到這裡，她才開始害怕，不過眼前所謂的老師沒有什麼反應，還是對她溫和地笑。

「我姓向，她們都叫我老師，妳也跟著叫就好了。」

「向老師。」蘇方琪很溫馴。

她暗自觀察周圍，這裡全都是女性信徒，座上供奉著一人高的慈母真尊像，用上好的陶瓷雕琢而成，栩栩如生以外，也看著更讓人驚駭，懷裡的嬰兒吸吮著胸部，連乳房上頭的青筋都如實描繪。

這裡的慈母真尊仍然垂眸低眼，但蘇方琪卻覺得對方無所不在。

時鐘敲響，晚間八點整了。

老師起身，跪在最前頭，四周的婦女靠攏過來，也嘩啦啦的跪了一地，蘇方琪想跪，卻被李依珊拉住。

「妳還不是老師的正式學生，站著就好。」

李依珊跪下去，她們前額撞地，發出一聲又一聲的砰響。

蘇方琪獨自一人站著，看著眼前整齊劃一的舉動，忍不住顫抖害怕起來。

但讓她膽寒的不只這些。

接下來為時兩小時的課，也是這位向老師親自上課，她講的東西談不上有什麼大錯，但身為社工的蘇方琪，卻敏銳的覺得不舒服。她談家庭和樂，首要忍讓，卻只說信仰慈母真尊，就能讓丈夫回心轉意、孩子聽話。

而所有的衝突，都是真尊給下的試煉，也是前世的惡緣累積，夫妻是相欠債，必須還完才能了結因緣，此生會同床共枕，都是因為互相積欠。

親子關係也是如此，因為凡人愚昧，不知因果，才會一世又一世造下罪孽，因為惡緣難以還清，此生只能互相拖磨，要想了結因果，就必須信奉真尊，全心全意的修養自己，改掉所有的慾望，奉獻一切給道場。

孩子不懂事，做母親的必須訓誡，引導他們回到正途，除去惡念，不可以被外在事物吸引，只有返璞歸真，清淨一切，往後才能回到真尊懷抱。

起先孩子必定反抗，但做母親的不可放棄，如果任之妄為，以後結下更多惡緣，不僅此生更加悲慘，還會墜入地獄，無邊輪迴。

蘇方琪坐立難安，她感覺到一種恐懼在空氣中蔓延，所有婦女臉色徬徨不安，被向老師的言語加深焦慮，紛紛點頭、自責，孩子做得不好，全是自己不夠好，沒有讓他們信奉真尊。

每個人都是恨不得現在就把孩子押解到道場來，聆聽老師真言。

這樣的論述，根本接不住任何孩子。

蘇方琪不敢打斷老師，只能在老師的目光巡梭到自己臉上時，假裝點頭同意。兩個小時讓她如坐針氈又感到恐懼，最後老師露出溫和笑意，又勉勵大家，進了真尊門下，已經脫離因果，不在下輩子投胎輪迴之列，只要大家多加努力，就能夠與孩子在真尊身邊團聚。

至少現在大家跟孩子的名字都已被真尊記名，比其他愚昧凡人要好上許多。

懲罰與糖果兼具，強而有力的洗腦。

蘇方琪終於知道，為什麼這麼多小型宗教會在台灣蔓延，這些心理上的困惑與問題，一旦沒有足夠的論述跟脈絡去梳理，就很容易歸咎於因果跟信仰，她看著大家又如釋重負，一堂課好像洗了一場三溫暖，所有人的情緒恐懼又喜悅，最後飽滿的釋放。

課後，向老師特別過來找蘇方琪，遞給她一張名片。

「我本名叫向安婕，做一些護膚產品，但我告訴大家，肉體是虛假，終究會腐敗成為白骨，不用特別跟我買產品，有需要再說。」向安婕親切地笑著。

「謝謝老師。」

「妳第一次來，不用拘謹，把這裡當自己的家。以後要常常回來。」

「好。」蘇方琪還想跟她多聊，但旁邊的媽媽們已經擠過來。

大家都有滿腔的問題要問向老師，焦慮跟恐懼必須由老師解決。

「週末的法會我有叫我女兒來，但她說什麼都不肯來，老師我應該怎麼辦？」

「不要放棄。」向安婕斬釘截鐵。「妳要用盡各種方法，讓她來跟真尊結緣，法會一個月才一次，妳放棄就太可惜。」

「我知道，老師我知道！」

「老師，我兒子最近都不回家，我打電話也不接……」

「他在外面造下太多罪孽，冤親債主遮擋著妳的電話訊號，妳捐一點，看心意，量力而為，真尊會為妳跟那些無形的談判。」

「一萬，老師妳看夠不夠。」

「量力而為，但真尊能幫到哪裡，就看妳心意。」

蘇方琪瞠目結舌，雖然向安婕說量力而為，但眼前婦女一掏就是一萬。還不保證能夠有用，她們需要的到底是宗教的力量，還是焦慮的出口？

「方琪，妳週六也來吧？」忽然向安婕轉頭點名蘇方琪。「週六的法會，真尊會記名，機會珍貴，不要浪費了。依珊有跟妳說，妳也希望妳的女兒不再受苦吧？」

向安婕溫和地笑。

蘇方琪點點頭。她會來的，不管向安婕講得那些有多麼荒謬，她總覺得向安婕操縱這股恐懼，一定有其用處，她想知道，所謂的慈母真尊是怎麼一回事，也想知道，為什麼母子此生相遇是惡緣？

她跟曉真不會是惡緣。

向安婕說的星期六法會很快就到了。

蘇方琪跟這種新興宗教不熟悉，除了去廟裡拜拜以外，自己沒有參加過任何法會活動。後來她才知道，那天李依珊帶她去的道場叫做宏恩道場，還有好幾個像這樣的小型道場，隱身在各地的民宅，講課時間都在平日晚上，讓職業婦女下班後也能夠參加。

而老師就是向安婕一人，她每天到不同的道場去講課。她講的東西並不深奧，也不探討佛理，從不講經，只是講前世果報跟今生罪孽，她要大家屏除惡習，不被外物吸引，讓大家覺得自己跟「外面的人」不一樣，能夠被真尊記名，是最大的榮幸。

這些課程日復一日，從未更改，蘇方琪很驚愕為什麼大家仍然趨之若鶩，直到法會當天她才知道，這不只是一種講課，更是一種類似於團體治療的結構。

向安婕有幾個幫手，李依珊也是其中之一，她們將信徒們分組，蘇方琪暫且看不出來她們依據什麼條件來分類參加的婦女，但各組有各自的題目，必須一一分享，向安婕會不定時巡視，為大家解惑。

生活中有太多無法向外人述說的煩悶與痛苦，更別提夫妻相處、孩子教養，本身就是很難跟親朋好友提起的話題，這些婦女們聚集在一起，互相舔舐傷口，大家都擔憂孩子不肯來道場，累積更多的罪孽。

她們更欽羨有孩子願意跟來法會的母親，他們的母親像是成功人士，讓大家羨慕不已，不管那些孩子是不是只顧著滑手機，或者呆坐在一旁、放空靈魂。

「如果妳的女兒還在的話，妳一定要帶她來。」李依珊在蘇方琪身旁說著，「這麼殊勝的機會啊。」

「……是啊。」蘇方琪勉強自己點頭。

法會的人數比前幾天上課要多了很多，近五十個人穿梭在更大的道場內，她認出了幾個她曾去拜訪過的婦女，原先她擔憂大家會對她來這邊有什麼想法，卻發現她們認為這一切都是真尊的安排。

如果她能來，就代表她與真尊有緣。

蘇方琪暗暗觀察，她所猜測的果然沒錯，那幾個周政交給她，有疑點的個案母親，全數都信奉著慈母真尊，跟著向安婕聽課。她們偶爾會收到身邊其他母親很隱晦的安慰，在言談中暗暗抹淚，但沒有人離席或者表現出對真尊的反抗，仍然虔誠的信奉著那尊手持刀劍、懷抱嬰兒的菩薩像。

她們說那些孩子現今跟在真尊身邊學習，媽媽要更加努力，才能讓孩子們不會再回到地獄受苦。

蘇方琪細思極恐。

向安婕就是這樣控制著大家嗎？

但這頂多算是這些案件之間的關聯，說不上是什麼證據，而且在這裡，蘇方琪就看不見那些孩子的鬼魂，這些日子以來，一直在她周圍出沒的孩子全數消失了，難道真尊真的能夠引領祂們？

蘇方琪看著道場中央巨大的菩薩像，她沒有答案。

團體分組活動結束之後，就是煮飯聚餐，擅長下廚的媽媽們在廚房忙碌，其餘人也依序有自己的工作，擦拭道場、打掃內外、整理垃圾。還有幾個婦女專門跟那些被強迫來此的孩子們聊天，要他們體諒母親辛苦，理解真尊的神聖。

而此時有幾個母親也帶出自己房間中的孩子，那些孩子更小，有嬰幼兒，也有國小的小朋友。

李依珊安排，讓小孩們坐一桌一起吃飯。

「他們這麼小也住在這裡嗎？」蘇方琪向李依珊詢問。李依珊現在已經認為蘇方琪是「屬於」這裡的人，幾乎對她知無不言，言無不盡。

「老師有收留一些沒地方去的媽媽，不用付房租、也不用外出工作，幫忙道場煮飯打掃就好。那些比較小的小朋友，也跟著媽媽住在這裡，大家還可以互相照顧。」

「這麼好？」

「真尊慈悲。老師說，道場是大家捐獻的，誰都可以來住。妳要是想來，我也可以幫妳問問看，只是要睡通舖。」

「啊？我不用了。我還要工作。」

「妳多找機會來道場。對妳女兒有好處。」李依珊夾菜給蘇方琪。

蘇方琪不敢問怎麼樣的好處，她總覺得一切都是迷霧。

大家吃飯的時候，氣氛變得比上午好很多，所有的事物井井有條，大家都投入在勞動之後的成果中。

信奉慈母真尊不必茹素，信徒們帶來的食物相當豐盛，媽媽們大展身手，可比得上五星飯店的自助餐。

中途，蘇方琪藉故出去上廁所，在大家熱鬧的餐廳後方，她看見一名女孩子，大概十三、四歲，國中了吧？

她的頭髮剪得很短，像個小男生，她身上穿的衣服和這裡格格不入，就是西門町一看一大把的那種。牛仔褲有破洞，上半身只遮到肚臍，但她的眼神警戒而不安。

女孩子獨自吃著飯，發現蘇方琪在看她，她匆匆扒飯後，把碗放在水槽就走了。

蘇方琪想追上去，但對方立刻離開。她引起蘇方琪注意的不是對方落單的身影，也不是她警戒的野獸神情，而是她大腿上一條又一條的鞭痕，全都結痂後又裂傷，還擴散出瘀血。

這女孩是誰？

她為什麼在這裡？

蘇方琪忍不住好奇心，跟著女孩進去，她看見大房間裡隔成一間一間的單間，只是木板隔開，完全沒有隔音可言，勉強讓彼此不至於坦身裸體而已，稍微有些動靜，整排的隔間都可以聽得一清二楚，她走到最裡面的隔間，看見房門緊鎖，她輕輕拍響門片。

「妳還好嗎？」

裡面悄然無聲。

蘇方琪又等了一會兒，對方都沒有任何回音，出於直覺，她只能把自己的名片掏出來，從門縫底下塞進去，很多社工師不會留下自己的電話給個案，她稍微地跨過這條界線，保有一支會在下班時間關機的手機。

蘇方琪轉身要走，但她很快地看見自己的名片被推了出來。

她翻過背面，看見清秀的字跡。

「不要再來了。」

＊＊＊

凌晨十二點。

公車停在巷子口的公車站，車上還有許多夜歸的人群，幾名少年、少女輕快交談，今天是小週末，是狂歡的時候。

公車門打開，盧佳慧頂著一頭凌亂短髮，從公車上跳下來，她眉眼亮麗，加上一點妝，誰都不會認錯她的性別。盧佳慧身材纖細，才國一而已，就玲瓏有致，配上特別短的制服裙子，看起來透著即將成熟的性吸引力。

但此時的她，卻只是一股腦地加快腳步，往不遠處的公寓小跑，她拽著沒多少東西的書包，舉步趕路。

她不斷祈禱，大家都睡了，不要有人發現自己現在才回來，但鑰匙轉開門的那一瞬間，燈光從門縫洩出，她就知道自己完蛋了。

道場裡面燈火通明，媽媽焦急地站在門邊，氣急敗壞地看她。

「妳怎麼又這麼晚回來！」

媽媽很生氣，一把拉過女兒，伸手就是一巴掌，盧佳慧被打得頭一偏，腦子嗡嗡作響，她還來不及反應，比羞辱更大的恐懼緊跟在後，她聽見向安婕的聲音。

「去跪在真尊面前。」

「我不要！」盧佳慧下意識反抗。

向安婕冷冷地注視著她。

「老師，我會教訓佳慧，這麼晚了，妳不要為了這個孩子氣壞身體……」盧佳慧的媽媽囁囁開口，但畏畏縮縮。

「妳們姐弟倆上輩子跟你母親是仇人，這輩子不化解因果，下輩子就要投胎當畜生。」

盧佳慧瞪視著向安婕，她恨透這種詛咒。

「畜生道妳知道嗎？當豬、當雞、當狗，任人宰割。」向安婕繼續說。

盧佳慧沒有回嘴，她一直無法反抗向安婕，也是任她宰割。

「妳說謊！」盧佳慧終於大吼。

「把她拉過去。」向安婕殘酷的看向偷偷在門後看著的婦女們。

婦女們不敢反抗，安靜地魚貫而出，抓著盧佳慧，往佛桌推。

盧佳慧的媽媽垂頭喪氣，心想老師說得對，這對姐弟就是來討債，一個自閉不說話，在學校天天被同學欺負；一個叛逆，才國中就變成不良少女，老師說她遲早會墮入魔道，跟外面的男人牽扯不清，生下沒有父親的小孩。

「放開我！」

盧佳慧大吼，她被推到慈母真尊的菩薩像前面，重重跪在地上，她想反抗，痛恨這一切，卻被壓住，她大叫出聲，感覺到背後傳來尖銳的疼痛，眼角餘光看到藤條往下甩，她閃躲不及，一下又一下。

向安婕使盡全力，用力甩著。

盧佳慧起先掙扎，後來咬牙忍耐，腦門全是汗水，她死死咬著下唇，嘴裡全是鮮血，她回頭看見向安婕，向安婕的臉上掛著笑。

十幾下過去，盧佳慧幾乎暈眩，旁邊的婦女們終於放開她。

她的媽媽抽抽噎噎的過來，又打著她的背。

「老師教妳這麼多次，妳怎麼永遠講不聽，放學就回來，為什麼要在外面鬼混？妳是不是真的罪這麼重，才會都講不聽……」

媽媽邊打邊哭，盧佳慧已經感覺不到疼痛，她的淚水跟口水弄糊了一臉的妝，剛剛的鞭打痛得她滿身大汗。

她軟倒在慈母真尊面前，看著血玉色的菩薩像，她聽見一些細微的哭聲，是住在道場裡的孩子們被嚇醒。

處罰的時候，向安婕會要求大家都要觀看，才能警惕自我。

除了孩子們以外，還有一雙純真的雙眼。

盧佳慧看著佛桌底下，那悄悄睜開眼睛的小孩子，對方只有七歲，眼神很清澈，咧著嘴對她笑，看似好像什麼都不懂，又好像什麼都知道。

他剃光了頭髮，永遠只穿著白色的衣服，從未離開這裡，也不曾見過外邊的世界，盧佳慧看著對方，雞皮疙瘩從身上爬起來，渾身顫慄，比看見向安婕還要害怕，她趕緊別過臉，數次深呼吸，避免自己暈厥過去。

但看著向安婕施暴的，遠遠不只這些人。

還有陰暗處，噤若寒蟬的鬼魂們，鬼魂們面無表情，盧佳慧不敢跟他們對視，她不知道去了那個世界的人，殘留下來的是原本的他們，還是只剩下被向安婕折磨的怨恨。

盧佳慧避開所有的目光，大家紛紛散去，回到自己房間。

盧佳慧終於能回到通舖的隔間裡，弟弟的位置覆蓋著厚重的棉被，只能隱約看出隆起的人形，弟弟又躲在自己的世界裡，對外界無知無感，不知道姊姊剛遭受一場暴虐的酷刑。

但盧佳慧知道，不管是弟弟還是她，不管是活著的人還是死去的鬼，全部都一樣，都是向安婕的所有物。

三、秘密

永熙的哭聲震耳欲聾。

周政從睡眠中驚醒，頭非常脹痛，他發覺自己趴在桌上睡著了，臉頰底下還壓著一堆散落的資料跟帳戶明細，他將那幾個案子的家屬帳戶全都調出來，想找出有什麼疑點，而讓他驚訝的是，這些帳戶裡的現金流向相當不清楚，全是現金存入跟領出，根本沒有脈絡，壓根不知道錢從哪裡來，又去了哪裡。

單筆金額都不算太龐大，從幾萬到幾十萬都有，不到會被銀行注意的程度。可能是私人的交易，從投資到借錢，甚至是跟會、互助會都有可能，全都是臨櫃交易，沒有帳戶轉帳資料，也沒有薪資收入，但加總起來，可以看得出來有大筆的金錢在這些帳戶內流動。

他反覆比對了好幾次，還是沒有任何頭緒。

他為此熬了一整個禮拜，早出晚歸，連永熙的面都沒見到幾次，只能看見女兒的睡顏，他特別拜託媽媽來家裡住，照顧妻子跟永熙，以減輕妻子的負擔，但說到這個，為什麼永熙還在哭？

周政覺得自己很愛女兒，但他聽到女兒的哭聲就煩躁，他忍不住起身，離開書房走到外頭，媽媽不見蹤影，只看到妻子抱著女兒拍哄。

「她怎麼一直哭？」

周政皺眉問。

他覺得自己的語氣相當尋常，只是想知道答案，他也沒有特別質疑妻子什麼，嬰兒哭很正常，他只是剛醒，且不喜歡這個聲音。

但妻子站在沒開燈的客廳內，披頭散髮的抬起頭來，瞪著他看的眼神彷彿仇人。

「妳幹嘛？」周政嚇了一大跳。「媽呢？」

「太晚了，我讓她先回去。」

「為什麼？」

「什麼為什麼？」

「我叫她來照顧妳們，妳怎麼不讓她留下來過夜？」

「照顧我們？」妻子的語氣有點不太對勁。她抱著嬰兒的手開始發抖。「你到底知不知道我想要什麼？」

「妳有毛病是不是，妳想要什麼就講啊！」

「永熙出生以來，你跟她睡過一夜嗎？你起來泡過奶嗎？你不要以為你找你媽來就是萬能，你為什麼不能盡自己做父親的責任！」

「我要上班啊！」

周政毫不思索地反駁，妻子請了育嬰假，不就應該照顧小孩嗎？他還找了媽媽來幫忙，這樣還不夠嗎？「妳如果覺得累，妳可以跟我說啊，我阿姨是保母，晚上也可以送過去……」

「你媽、你阿姨，你為什麼都要推給別人！」

「我沒有推給別人，我只是在幫妳想辦法！」

周政忍不住了，妻子陰陽怪氣，他到底招誰惹誰？

「幫我？」

妻子停下拍哄女兒的動作，直勾勾的看著他，周政忍不住起了雞皮疙瘩，妻子不對勁的感覺又更加濃厚。

「我不用你幫。」妻子話語冷淡，抱著女兒，逕自走進房間，穿過周政身邊，她關上房門，女兒的哭聲變得非常隱密。

當初周政裝潢新家的時候，他就要求設計師，主臥室必須加強隔音，他的工作要日夜輪班，他又對噪音特別敏感，睡眠品質必須要好。

裝潢好之後，周政自己住進來，一直對當初的先見之明特別滿意。

現在女兒的哭聲被隔絕在主臥室之內，他也有一種鬆了口氣的感覺。

他回到書房，重新檢視那些帳戶，覺得光靠金流資料，是沒有辦法釐清線索，但局長又不肯給他人力，他只能自己調查，或者找人幫他。

他拿起手機打電話，他有個要好的高中同學吳為昕，當初本來說好要一起考警察，但後來對方沒考上，兩人斷了聯絡，沒想到同學會一聊才知道，對方現在做的工作，跟警察也算稍有關係——徵信社。

周政記得當初還虧他是不是喜歡偷窺，才選這個一天到晚抓猴的職業？

吳為昕對他挑挑眉，說希望周政不要有拜託他的時候，周政回嘴說自己才不需要。

沒想到這麼快就來報應了。

「喂？我周政。」

吳為昕很快接起，「你老婆外遇了喔？」他揶揄周政。

「這麼晚還沒睡？」

「偷窺狂總是晚上出沒你不知道嗎？」

「好了啦，我跟你道歉，我這次真的有事要找你幫忙。」周政苦笑。

「連警察都解決不了的事情？說來聽聽。」

吳為昕有了興趣，他當初沒考上警察大學還很扼腕，但後來發覺私家偵探更符合他的個性，同學會恢復聯繫之後，他常跟周政碰面，被警察的條條框框嚇得瞠目結舌，用槍要先申請、出入聲色場所也要寫報告，監聽、監視也全要檢察官同意，在他看來，等到一切按部就班，犯人早就跑得不見蹤影。

不過他也能理解，這是一個日漸重視人權的社會，警察的權力被縮小也是無可厚非，畢竟沒人想再來一次黨國時期的警政不分家。

「喂你還有沒有在聽啊？」

「有啦。到底什麼事情？」

「也不是警察解決不了，而是我自己私人對一些案子有疑惑，但局裡不當一回事，目前沒有人力可以調查。」

「既然這樣，我們見面說吧，我待會發一個地址給你。」

「好啊。」

周政掛斷電話，很快地收到吳為昕的訊息，他又側耳傾聽了一會兒主臥室的動靜，發覺那微弱如小貓的哭聲已經消失，他悄悄暗自竊喜。

兩人碰面之後，吳為昕拿到了幾個名字跟住址，全都是中年婦人，年紀大概落在三十幾到五十多。沒有什麼共通點，年紀、職業、居住地都不同，更詳細的背景資料，周政不肯說。

周政不肯告訴吳為昕到底是什麼案件，只要他跟蹤她們，看看有沒有什麼疑點？但不知道是什麼案子，又怎麼會知道疑點在哪裡？

吳為昕暗自腹誹，周政卻說這是職業操守，不能告訴他太多，吳為昕沒辦法，只好照做。

他花了一整週的時間，跟蹤這些婦人，無聊到他幾乎打呵欠，中年婦女們的生活規律，作息正常，有工作的如常上班，工作也不是什麼特殊行業，老師、會計、清潔阿姨；沒工作的就家庭主婦，買菜、喝咖啡、遛狗、替老公跑腿、接送小孩上補習班。

他真的看不出來周政想查什麼。

真的要說，這些中年婦女都信奉一個什麼慈母真尊的，而且全都是女性信徒，不過這不是什麼特別奇怪的事情，台灣小型宗教的中堅分子，本來就是這些歐巴桑們，她們需要心靈寄託，需要社交生活，就算是大如慈濟這樣的宗教團體，也是師姐為多。

這是她們的情感需求。

吳為昕也懷疑過那個慈母真尊，但他進不去道場，只好偷偷監聽了幾次，也沒有什麼收穫，全是一些無聊至極的課程，比坊間的心靈雞湯還要沒有營養，吳為昕自認自己是無神論者，很有邏輯，壓根不信前世今生，對這些愚癡的信仰嗤之以鼻。

但他已經打包票跟周政說，只要周政給的資料沒錯，他一定能找出不尋常之處，騎虎難下的他只好硬著頭皮，繼續跟蹤。

又過了一個禮拜，他才又發覺這些中年婦女們另外一項休閒嗜好。

民間互助會。

她們分屬不同的團體，但都有參加民間互助會，這是一種民間私人小型信貸的機制，也稱作跟會、合會。

一開始會由會頭發起，每位成員固定繳納會費，每月都有人可以標會，賺取利息，因為利息比放在銀行高，又都是認識的人，互相借錢，現金交易，方便快捷。

是一種很流行於中年婦女之間的儲蓄方式。

但這種方式，近十年來已經快要消失，現代人搬家容易，生活方式也不若以前緊密，很容易就「倒會」，只要有會腳跑路，其他會員全都跟著遭殃，相關的詐騙斂財也層出不窮，後來就逐漸消失在現代社會，只剩下很少數的鄉下地區還有這種互助模式。

這些居住在都市中的婦女們，學經歷各不相同，遍布各行各業，卻全都有志一同的選擇這種儲蓄方式，讓吳為昕大為驚訝，金錢最容易引來糾紛，他認為自己查到了周政口中那說不清的疑點。

他冒險跟蹤她們，確認今晚就是繳納會費的時候。特地佯裝成水電工人，事先爬到大樓頂樓，架設伺服器，從光纖導入木馬程式，進入會頭的家中網路，拜現代科技所賜，一切的科技設備都是他的眼睛，他透過家用電腦，偷偷打開螢幕，拍下整個過程。

他原先抱持著很高的期望，認為這其中一定有所內情，說不定不只是繳納會費，這些錢很有可能有特殊用途！

但結果卻讓他大失所望。

他冒著冷風，在頂樓吹了一夜，還要等到保全輪班，才能溜下樓脫身，但整個晚上，不斷有婦女來訪，就是繳納會費給會頭，她們點清數額，沒有多作寒暄，這個會已經被會頭標走，就是按時繳錢跟等待利息而已。

他不肯相信，又追蹤了好幾次繳納會費的過程，但同樣也找不出疑點，這種民間互助會的確已經消聲匿跡已久，但也不能澈底確定沒有人會維持這種跟會的習慣。

至少周政不能以此逮人。

吳為昕逼不得已，最後只能把這近一個月的照片跟紀錄，全數交給周政。

他約周政到自己小工作室，一個在大樓內分租的小房間，連窗戶都只有半格的逃生窗，但這裡的人來來去去，互不相問，最適合他這種職業。

他灰溜溜的向周政致歉，「我還跟你打包票，結果真的沒發現什麼。」

「沒關係。」周政剛跟蘇方琪碰完面，腦子裡還在思考慈母真尊到底代表著什麼，他這幾週也有跟蘇方琪通電話，但目前他們掌握到的線索仍然一樣，那些婦女們都信仰著同一宗教，教主為向安婕，但除此之外，什麼都沒有了。

周政翻看著照片，沒有抱什麼希望，詳細的狀況，吳為昕在電話裡都說過了。「我也還在調查，或許真的是我們想太多。」

「你們？你還找了誰？」

「一個社工。」

「到底什麼事啊？」

「我們懷疑癥結點還是在那個道場，但你跟我都是男性，沒辦法進去，這個社工在幫我忙，看看這個新興宗教有沒有什麼問題。」

「什麼慈母真尊的？」吳為昕翻出一張照片。「這尊佛像好詭異，我看的時候也覺得奇怪，沒聽過民間信仰有這種神明。」

「新興宗教都有自己的神，有時候融合其他類別，我問過民俗學家，應該是鬼子母跟觀世音的結合。」

「神明還可以結合？」

「他們說神會不斷投胎轉世，下凡歷練，每世有不同的名稱，混合起來都是同一個意識。」

「這說法太先進了……」

「他們將活人神格化，向老師就是其一，說是慈母真尊的意識分靈，可以藉由她的嘴巴，說出真尊的意念。」

「……這比科幻小說還難懂。」

兩個男人相對搖頭，與其相信這個，不如相信神佛都是外星人，生活在第四維度空間，以意識穿梭宇宙。

至少這個拍成電影，還比較好看。

「所以你除了發現她們跟會以外，沒有什麼特別之處？」

「沒有了。無聊的要死，你要負責我這個月的菸錢跟咖啡錢。」

「警察薪水低，這個跟會到底是利息多高，值得讓她們冒這種風險，人要是跑了，不就什麼都……」

周政忽然停下。

他翻看著幾張照片，照片中都拍到同一個女人。

「你說會頭都是她？」

「對啊，她手上的資金加一加，我看上千萬跑不掉。但她們也都按時發放利息，看不出有什麼特別的。」

周政盯著照片中的中年婦女，對方保養得宜，即使是倉促之間被偷拍，仍然看得出來駐顏有術，而且不需要為世事操勞。

「你認識她？」吳為昕看周政表情不對勁。

「不認識。」

「那你這個臉。」

「她是我們局長許益路的姊姊。許益姍。」

為什麼周政這麼清楚？因為他在警局內見過這個女人。

許益路的姊姊對許益路照顧有加，好像至今未嫁，常常送東西過來給局長，對他們也都和顏悅色，周政還吃過她送來的水果跟點心。

難道許益姍也是慈母真尊的信徒？

局長知道這件事嗎？

＊＊＊

蘇方琪穿著白衣藍裙走進公寓頂樓的道場。

她拜入慈母真尊底下已經一個多月，跟著李依珊奔波在各地的公寓道場，聆聽向安婕講課，她發覺向安婕的影響力強大，慈母真尊的信徒皆為女性，卻也遍布全北部，幾乎有上千人，形成一個雖然小型，卻相當緊密的組織。

她逐漸可以理解，為什麼單憑向安婕的講課內容跟那混雜各種宗教痕跡的真尊信仰，就能夠讓大家死心塌地。

道場凝聚了以向安婕為主的傳統價值觀，她更以慈母真尊這一信仰作為勒索大家的實質恐懼，讓這些婦女們緊密聯繫，互相拉拔，道場的信仰成為她們交友圈、生活重心、人生意義。

而層層遞進的組織，也讓大家有了追求的目標。

最終的獎勵是回到慈母真尊身邊，與兒女團聚，但在那之前，有很多的事情得做，要熟讀由向安婕編撰，參雜佛經跟道教的書籍，每週一次的聽課、每月一次的法會，口才熟練的婦女可以晉升成為輔導師，替向安婕宣揚真尊殊勝之處；精明幹練的幹部則管理信眾，鼓勵大家奉獻金錢。

她們仿若一群為數眾多的螞蟻，在社會大眾不知道的地方，拓展著向安婕的蟻巢，她們最終目的是死後的獎賞，現今在世的一切磨難，都是有機會兌換成功德的考驗。

順遂的時候是真尊賜福，艱難的時候是真尊考驗。

一切幸福歸於真尊。

屏除了男性的存在，向安婕的道場像是女人的安樂國。

如果蘇方琪不是屢次在道場的陰暗處看見那些鬼影，她或許不會對這個宗教有所懷疑，她雖然不能接受向安婕的信仰勒索，但她知道很多時候，人們需要信仰來安頓身心，解決對未知的恐懼跟迷惑。

她甚至要懷疑自己是不是出現幻覺，這樣平靜的道場，只是撫慰女人心靈的地方，為什麼會出現鬼影？

直到李依珊打電話給她。

說向安婕希望她可以加入「真尊」親自講課的班級。

蘇方琪此時才知道這些婦女們隱隱的期盼，除了死後的獎賞以外，還有一個更具體的存在，見證真尊下凡的時刻。

她在李依珊通知的上課時間，凌晨十二點抵達最早李依珊帶她來的那個公寓頂樓道場。

她一樣穿過五樓，這時候五樓已經關燈，居住在道場的孩子們被禁止離開房門，房內也不能有任何光亮，不准發出聲響，一切悄然無聲。

她爬上五樓室內加蓋的樓梯，走上六樓。

一反平常燈光大亮的講課時段，六樓只點了真尊佛燈，蘇方琪聽過李依珊解釋，當佛燈點起時，表示真尊抵達，降臨道場，凝視著大家的善惡因果。

當時蘇方琪以為李依珊只是在凝聚一種盼望，或者向安婕傳遞給她們的可能性，沒想到這真的是一個定期舉行的儀式。

六樓陰暗無光，只有四周的佛燈在空氣中燃燒，檀香味淡了許多，濃厚的女香開始蔓延，蘇方琪依稀分辨，是曼陀羅的香氣，味道越來越重，令人呼吸困難，婦女們依序排成兩側，中央擺放著巨大的屏風。

向安婕不見人影。

李依珊在隊伍的最前頭，她嚴肅的大聲朗誦。

「上一貢。」

後方的婦女依序出列，從道場的尾端長桌，端上貢盤。

貢盤上是平時擺放水果的托盤，但現在擺放的是一碟碟的符咒。

每一碟符咒上壓一塊金塊，金塊暗黃無色，像是黃金，列隊的婦女拿入屏風後方，屏風後方的火光亮起，蘇方琪屏氣凝神，但仍然看不見屏風後方的人影是誰？

是向安婕嗎？

「上二貢。」

李依珊又喊。

其他婦女再次依序出列，這次端來的是粗大的燃香，香料一樣送至屏風後方，火光又更亮了，蘇方琪感到暈眩，曼陀羅的香氣有致幻功用，身旁的婦女們也開始恍惚暈眩，她想逃，眼前卻開始出現疊影，她看不清楚爬上來的階梯，所有人重複出現，只剩下李依珊的聲音還在遠方。

「上三頁。」

有婦女搖搖晃晃的出列，這次上呈的是零食餅乾。

但全部都是嬰幼兒的餅乾糖果，蘇方琪看著米餅跟養樂多，還有棒棒糖，有種噁心的感覺，下一瞬間，嬰兒的啼哭聲從屏風後方傳來，彷彿從地獄深處竄出的尖銳哭聲，讓蘇方琪渾身冷汗，屏風後的火光大張，黑色的影子從慈母真尊的座下往天花板蔓延，影子內有黑色的漸層湧動。

「全跪——」

李依珊的聲音撞入腦幹，蘇方琪跟身邊婦女不由自主搖晃著跪下，膝蓋撞上地板，卻感受不到疼痛，黑色的陰影從四周浮出，從牆面、從天花板、從腳下磁磚……

黑影逐漸成人，是那些孩子！

孩子飄蕩在陰暗的道場內，臉上的茫然神色，沒有快樂也沒有傷悲。

婦女們號哭不已，抱住眼前鬼影，嬰兒啼哭的聲音還在耳邊迴盪，尖銳得要刺穿耳膜，曼陀羅的香氣更盛，嬰兒尖銳的哭聲逐步逼近。

蘇方琪跪倒在地，向安婕牽著一名男孩，孩童天真無邪，黑色的瞳孔沒有一絲光芒，漆黑重墨，男孩走到蘇方琪面前，發出嬰兒的聲音。

「我為什麼找不到妳的女兒？」

蘇方琪四周全是鬼影，比起她前陣子陸續看到的要多上很多，大概有十幾個年紀不等的少年、少女，他們或者肢體破碎，或者面孔青白，五官放大，也有的七孔流血。

她的女兒不在這裡，不會在這裡！

男孩的瞳孔步步逼近，看入蘇方琪的眼底，他歪斜著腦袋，口水從嘴邊流淌出來，仍然是一派無邪的問句。

「她在哪裡？我去帶她來玩呀。」

蘇方琪心跳加快，伸出手抓住男孩的袖口，男孩不閃不躲，眼裡只有純然無關於自身的天真疑惑，向安婕牽著他的手。

「這是真尊之子，他可以通天下地，找到所有罪孽未清的魂魄，妳的女兒在哪裡，已死之人不可能是無罪之魂……」

向安婕的聲音跟耳邊的哭聲混雜在一起，蘇方琪難以分辨她最終說了什麼。

在場所有的婦女都是母親，終於見到自己的兒女，卻只能觸碰到幻影，她們或哭或笑，嘔吐跟囈語交疊，兒女已經沒有反應，只餘遊魂空殼。

生死兩別，向安婕即使搭起橋樑，也是如鏡中水月，求之不得，但就是這一點再次相見的希望，讓所有婦女孜孜不倦，互相勉勵。

信仰與幻覺只是一線之隔，但眼見即為真實，難怪連國中老師李依珊都深信不疑，兒女慘象，都是仍在世母親的不是，必須奉獻更多自我，求真尊悲憫。

蘇方琪終於忍不住暈了過去。

地獄也不過如此。

「妳的女兒還沒死。」

蘇方琪幾乎不醒人事地躺在道場樓下的沙發上，李依珊按摩著她的人中，當她醒來時，那股濃郁的曼陀羅香氣已經變得稀薄，隱藏在若有似無的檀香香氣當中，彷彿又藏在迷霧裡。

向安婕直視著她，又重複了一遍。「妳的女兒還沒死，妳騙了我們。」

蘇方琪悚然一驚，她掙扎著起身，嚅囁著開口。她腦袋快速運轉，但暈眩的感覺還擺脫不掉，讓她支吾不出藉口，她試圖想理由，不能被發現她是為了調查諸多死亡案件而來。「她已經多年未歸，警局叫我們去認屍……」

「但那些都不是她。」

「我們也不知道，有幾次我們不想再去。但從來沒有人見到她，我們覺得她已經死了……」

「是妳丈夫。不是妳。」向安婕打斷她。

蘇方琪愣住。看著眼前向安婕看似慈悲的憐憫神情，向安婕沒有發怒，反而可憐她，這讓蘇方琪毛骨悚然。

向安婕知道了什麼？

蘇方琪一直不知道曉真離家的真實原因，或許是她的工作太忙，忽略了曉真的成長？但國中以前曉真都好好的啊，她們就像是尋常母女，會吵架、會冷戰，但也會親密的膩在一起，說爸爸的壞話。

曉真常常要蘇方琪陪她睡，曉真膽子很小，風聲樹影都會讓她夜不成寐。即使蘇方琪因為拜訪個案而深夜未歸，曉真也會抱著她的玩偶在沙發等她回家，兩人再一起分享一鍋泡麵。

母親節的時候，曉真會精心準備驚喜；替蘇方琪過生日的時候，會要求去露營。

但這樣的孩子，為什麼上了國中就開始鎖門，將母親拒於房門與心門之外？蘇方琪嘗試過很多方法，她不能接受自己的女兒變成這樣，但她做得越多，卻都只是將曉真推得更遠。

後來，曉真開始逃學、逃家。

蘇方琪焦慮又憤怒，不知道該拿女兒怎麼辦。她帶曉真去看精神科，母女在車上拉扯，曉真抓著椅背，死都不願意下車，最後咬上她的胳膊，那時候最親密的母女面孔，卻彷彿地獄互相撕咬的惡鬼。

再後來，曉真犯下大錯，她竟然被校外販毒團體吸收，開始在校園販毒，蘇方琪心如刀割，不敢相信自己女兒做了這種事情，直到她在女兒房間翻出大量的「快樂咖啡包」，她才知道經過女兒房間時，那股奇怪的味道從何而來。

那天晚上，她打了曉真一巴掌，要她滾出去，曉真就再也沒有回家了。

她很後悔，後悔自己為什麼趕女兒出去，再怎麼樣留在身邊，都比在外不知音訊要好，但世間沒有後悔藥，她的女兒再也沒有回來，偶爾會接到警察的通緝單，以及一些開庭通知，但曉真不知人在哪裡，那些單子她一一簽收，卻無從找人。

面對婆家跟娘家的詢問，她開不了口，只能說女兒學壞，現在不肯回家，丈夫更狠，對外說女兒死了。

蘇方琪質問丈夫，為什麼要說女兒死了，丈夫說這樣不乾不淨的活著，比死了還不如，說死了比較乾脆，再也不用面對同事或者朋友的詢問。

蘇方琪不能接受，她一人徒勞無功的在街上尋找女兒，只要看到與女兒相似的身影，就忍不住拔腿奔馳，大聲呼喚，但哪裡都找不到女兒了，從她身上掉下來的那一塊肉，就此消失在世界上。

去警局認屍，每次掀開白布的時候，蘇方琪都幾乎死過一回，丈夫去了幾次就不肯去，剩下蘇方琪一人獨自面對，最後的最後，蘇方琪也學會丈夫的沉默，掛斷警局的電話，對外說女兒已經死了。

不會回來了，沒有希望了，就跟死了一樣。

「不一樣。」向安婕對她搖頭。

蘇方琪赫然發現自己淚流滿面。她多麼想聽到這樣的一句話。

她獨自一人承擔這一切，已經過了三年多，她早就不再與人談論女兒，也不再懷抱希望，但為什麼在這個拼湊著各宗教脈絡而生的畸型信仰之下，她仍然潸然淚下，是不是因為把她們凝聚在這裡的，都是做母親心底最深的自責與恐懼？

「你的女兒還活著，就仍然持續造下罪孽，與世間眾生結惡緣，她的業報不斷加深，死後必定墮入地獄，連真尊都救不了她。」

「我找不到她……」

「真尊可以幫妳。」向安婕的手覆蓋在蘇方琪的手背上，緊緊握著。「妳要相信真尊慈悲，只有真尊開恩，妳才能找到女兒，才能斬斷她不斷結惡緣的鎖鏈。」

「我要怎麼做？」

「真尊之子可以幫妳找到她。但是在那之前，妳必須展現出誠意，妳需要發誓追隨真尊，如果違反誓言，妳女兒的魂魄將在地獄鬼火中灼燒不熄、天打雷劈。」

「我……」

「妳做不到嗎？」

向安婕的眼神望進蘇方琪惶恐的內心，「妳看到了啊，那些被真尊之子召喚回來的鬼魂，他們仍然回復不了生前的模樣，就是因為罪孽未清，但他們全都被真尊帶在身邊修行，有朝一日，他們可以回復孩童本來面貌，乾乾淨淨的等待妳們。」

「這需要多久？」

「這要看妳能做到什麼程度，如果一直犯下罪孽，永遠趕不及我們做母親贖罪的速度。一定要讓孩子改過向善。」向安婕起身，牽著蘇方琪的手，走到慈母真尊座下，按著蘇方琪的肩膀讓她跪下。

蘇方琪茫然地跪著，看著眼前血紅的菩薩像。

「孩子身上的惡，都是母親的錯，都是母親該償還的罪。」向安婕輕聲說著。還留在道場的婦女們全數跪下，一下又一下的磕頭，聲音規律卻讓人膽寒，蘇方琪看著垂眸的慈母真尊。

那雙孩童般的雙眼，又撞進她的記憶裡。

她在哪裡？我去帶她來玩。

被向安婕稱作真尊之子的男孩，可以找到她的女兒？

她忍不住也跟著跪下開始磕頭，隨著洪流般的聲音敲擊地面，暈眩的感覺再度襲來，但她心想是什麼都沒關係，不管是這個畸形如怪物的宗教，還是充斥著鬼影的地獄，她只要她的女兒回來，只要有一絲希望，她都不願意放過。

這或許才是她走進這裡的真正原因。

曉真，不管妳在哪裡，媽媽都要妳回來。

＊＊＊

盧佳慧打開五樓公寓的鐵門，她悚然一驚。

她的東西被攤在客廳的桌上。一瞬間她感到羞辱跟憤怒，她跟母親還有弟弟寄居在這裡，睡在大通鋪的小隔間內，被規定作息跟吃飯時間，她的私人物品只有一個背包那麼多，現在還被攤在眾人的目光之前，她撲過去，護住自己的東西，她往背包底下一摸，更深的憤怒湧上來，她瞪視著向安婕。

「我的錢呢？」她藏在背包底部的錢不見了！

她應該隨身攜帶的，但她沒有個人帳戶，也沒有信得過的朋友，她今天去的地方不能帶那麼多錢，一旦被偷走，她會想殺人，但沒想到，她只出去半天，向安婕就翻她東西！

「妳的錢？妳媽哪來的錢可以給妳？」向安婕嚴厲的看著她。

盧佳慧說不出話來，她氣得發抖。

「關妳什麼事啊！」

盧佳慧的媽媽徐品蓮立刻拉住盧佳慧。

「妳不可以跟老師頂嘴！」

盧佳慧用力甩開。

「妳煩死了！」

盧佳慧真的恨透徐品蓮，除了對著向安婕唯命是從以外，還會幹嘛？

她不知道勸徐品蓮幾次，說要搬出這個地方，徐品蓮卻懦弱的認為自己在外面沒有辦法養活自己跟姐弟倆，說什麼在道場這裡，大家可以互相照顧，才像是個家庭。

狗屁！家裡的人會這樣翻她的東西，偷她的錢？

向安婕走過來，「妳對母親口出惡言，死後要下拔舌地獄。」

這句話讓徐品蓮陷入恐慌，拉著女兒：「妳快點跟老師道歉，說妳以後不敢了。」

「把我的錢還我！」

「妳那些是汙穢的罪，道場裡不能容忍，要全數燒掉。」

「燒掉？妳瘋了嗎？」盧佳慧忍不住大聲：「快點還給我！」她撲向向安婕，她才不信向安婕會把錢燒掉，她想從對方身上搶回來，搶回她自己賺的錢！

「翻她手機！」

向安婕退後一步，命令旁邊的婦女動作，盧佳慧簡直不敢置信，她用力掙扎，卻被按在地上，翻出口袋裡的手機，還按著她的指紋解鎖，她發瘋似的想要搶回自己的東西，但腦袋卻被死死壓在地板，眼睜睜看著向安婕翻閱她的隱私。

她說不出現在自己臉上熱辣辣的感覺是憤怒還是羞恥。

她的相簿內全是她的裸照。

相片裡的盧佳慧，不著一物，全身赤裸對著鏡頭搔首弄姿，還有私密處的清晰照片，甚至加上美工特效，標注自己的年紀跟三圍、聯絡方式，她在網路上叫做 Cindy。

一開始她只接一些網路認識的外拍邀約，錢來得很快，但接下來就是一些大尺度的工作邀請，這種錢很好賺，盧佳慧又需要錢，不甘心對方去找別人。

對方也明說，像她這樣缺錢的國中女生，網路上一抓一大把，現在小孩的發育又好，不一定要找她拍照。

盧佳慧開始在飯店、溫泉、私人泳池拍照。

一開始身穿內衣，後來是單穿外衣，赤裸下水，最後被哄著腿再張開一點，手再放開一點，再來就開始收錢做交易，她有好幾個 sugar daddy，但給的錢不多，她乾脆自己在網路上接工作。

她沒有覺得自己靠身體賺錢有什麼不對，她還未成年，又需要錢，這是她唯一能夠賺錢的方式，不然她還能怎麼樣呢？

徐品蓮幾乎沒有生活能力，只在道場幫忙打掃，靠著政府發放的救濟金生活，她跟弟弟完全沒有生活費，所有的食物跟用品來源都是大家捐獻給道場的東西，她自己連套便服都沒有，還沒「賺錢」以前，假日也只能穿著制服出門。

她也找過正經的打工，她一家一家去問，不管是炸雞還是飲料店，她都願意做，發傳單也沒關係，但她還未滿十八歲，根本沒有店家敢用她。那些大人自以為是的保護，只是讓她發狠乾脆開始在網路接外拍案。

沒有比錢更重要、更實際的東西了。

只有錢能夠帶她逃出這個地獄。她拚命地積存著，壓根不敢花在自己身上，現在卻被向安婕奪走，她的心臟劇烈跳動，即使現在這些照片被向安婕一張一張公開翻閱。

她還是想奪回自己的錢！

即使覺得面目赤紅，渾身冒汗。她羞愧難忍，但更多的是炙熱的憤怒。

向安婕冷冷的看完這些照片，丟給徐品蓮。

徐品蓮尖叫一聲後開始哭，推打她，盧佳慧都漠然地不為所動。

「妳果然是要來討債的孩子。」向安婕高高在上望向她，眼裡又是可憐她的那副悲憫模樣，盧佳慧眼角冒火，恨得直瞪她，她現在只想咬下這個女人一大塊肉，狠狠咬下後吞嚥。

「關進去小房間。誰都不可以給她食物跟水。讓她好好反省。」

盧佳慧尖叫，抬腳踢人，張嘴就咬，像是隻被困住的野獸，只是關她而已，卻比鞭打更讓她畏懼。她瘋狂掙扎，但抵不過大家的力氣，被推進真尊後方的小房間，裡面與其說是房間，不如說是樓梯下的空間，她已經國一，不應當害怕這種關禁閉的伎倆。

但好恐怖，她知道接下來面對的是什麼。

看著木門關上，她忍不住嚎啕大哭，她恨向安婕，更恨徐品蓮，也恨自己，為什麼還沒有能力逃脫？

她周遭的黑暗逐漸凝聚成實體，裡面爬出鬼的身影，她拚了命地大叫，卻被鬼魂拉扯。

她大哭，逃脫不了。

她渾身感覺到冰冷，彷彿被屍體摸過，她知道這些哥哥姊姊，她也認識他們之中的幾人，他們曾經交談、他們會坐在佛堂的頂樓抽菸，帶她暫時逃脫向安婕無聊的講課，也在她被鞭打的時候，擋住向安婕的施虐。

但現在，他們全都死了。

盧佳慧不是畏懼鬼魂，她是不敢面對，為什麼活著的人受到向安婕的操控，死了之後也得不到安寧，這就是那些女人們想要的洗清罪孽，回歸真尊之子身邊修行嗎？

她瘋狂尖叫，恨透這個荒謬的世界，她不懂，為什麼人生下來是有罪的，要修行洗滌自己才能回去，她什麼都不知道，她為何有罪？

她內心的疑問永遠得不到答案。

她只知道自己再不逃走，也會變成他們。

變成永遠被向安婕操控的鬼魂。

幾天後，蘇方琪來道場的時候，隱約察覺不對。

她聽見真尊後方傳來微弱的呼叫聲，但大家卻都裝作沒聽到，如常聽課，伴隨著那有氣無力的敲擊聲，整堂課她都坐立難安，她知道這裡的婦女都受向安婕管轄，她乾脆直接去詢問向安婕。

向安婕卻說是幫助洗清孩子的罪孽，要她不要管，道場裡的人都不准違背真尊的指示，蘇方琪聽不懂，也不確定是真尊的指示，還是向安婕自己的意思，她不敢再問，只能懸著一顆心。

接下來連著兩天，蘇方琪聽見那個聲音逐漸微弱，她忍不住在下課的時候藉故靠近，側耳聆聽，果然聽見乾啞的聲音從裡頭傳來。

「救救我……誰……可以……」

在她思考之前，她身體的本能已經做出反應。

她驚愕的一把打開門，發現裡面是幾乎脫水的盧佳慧，盧佳慧躺在自己的大小便中，整個人已經快要暈過去，她的指甲全數斷裂，甚至嵌在木門上。蘇方琪一把抱起她，在向安婕冷漠的注視中，直奔醫院。

沒有人阻止蘇方琪的行為。

蘇方琪感覺懷中的重量相當輕盈，她一直到醫師打完點滴後，顫抖的手才慢慢平復下來，盧佳慧在醫院睡了兩天，期間蘇方琪幫她換衣服，盧佳慧也只是短暫醒來。

蘇方琪有好多想問的問題，但一切都只能等盧佳慧醒來。

她看顧盧佳慧住院的這兩天，心裡有種錯覺，盧佳慧就像是她離家的女兒，都那麼小，眉眼那麼倔強，連睡著都緊緊皺眉，緊握著手心。

蘇方琪留在醫院照顧她，期間只有跟李依珊聯繫，李依珊說盧佳慧住在道場，卻屢次觸犯向安婕的規矩，才會被關起來反省。蘇方琪問她：「這樣不會太過分嗎？關了五天，大人都受不了。」

「佳慧已經開始援交，接下來就要離開道場，如果不讓她反省，再也回不了正途，就跟妳的女兒一樣。」

蘇方琪沉默，她不能認同這樣的懲罰，但她是個失敗的母親。

等到盧佳慧醒來，蘇方琪問她想不想求助，這樣的虐待案件她應該要通報，但她想聽盧佳慧怎麼說。

盧佳慧搖頭。

「我可以離開，但弟弟會死。」

「妳弟弟很聽話，沒有被處罰過。」

「不只是那樣。」盧佳慧搖頭，不肯再多說。「妳通報了也沒有用，我還是會回去，向安婕是魔鬼，我要保護我弟弟。」

蘇方琪安撫盧佳慧。

「我常去道場，妳有事就跟我說，我留我的電話號碼給妳。」

盧佳慧猶疑了一下才點頭。她已經本能的不信任大人，但眼前的女人，還有勇氣違抗向安婕，救她出來。

這幾天，蘇方琪在幫盧佳慧換衣服的時候，發現盧佳慧背上很多傷，雖然結痂脫落，卻可以看得出來新舊交雜。

「妳真的不需要幫忙嗎？」蘇方琪很掙扎，按照這個狀況，她必須緊急通報了，但這樣很可能會讓她再也進不了道場，沒有辦法跟向安婕交代。

「不需要。」盧佳慧搖頭。「我知道怎麼在那個地方活下來，我已經待了很久了，我只需要再一點時間。」

盧佳慧還有一點其他的錢，她為求謹慎，預先向爹地們要求買了一些昂貴好變現的禮物，藏在學校的個人櫃子跟抽屜內，向安婕的手伸不到學校裡去，班上沒有人敢動她的東西，學校內不起眼的儲物櫃才是最安全的地方。

她只是希望留下一些現金，這樣帶弟弟走的時候，不至於慌了手腳。

現在計畫被向安婕打亂，沒關係，她可以重新再來，她做一次S就有三千，一天多接幾次，也不是太困難的事情，她跟弟弟不需要太多錢，只要有新的地方可以躲藏，可以擺脫向安婕的監控，那才是當務之急。

所以蘇方琪千萬不能替她通報，這樣會打草驚蛇，讓向安婕防範得更緊，她一旦與弟弟分隔，禁止見面，就再也帶不走弟弟了。

盧佳慧沒有跟蘇方琪說自己的這些打算，但從她祈求的眼神跟難以言說的沉默中，蘇方琪懂了她的計畫。

蘇方琪只好帶著出院的盧佳慧回到道場，盧佳慧在向安婕面前，刪去手機裡的所有照片，跪在慈母真尊面前，發誓不再做這種惡行，向安婕說真尊會原諒她，盧佳慧默默的跟蘇方琪道別。

蘇方琪困惑，為什麼所有的母親都沒有察覺到異樣？

這樣的懲罰已經升級成虐待，盧佳慧的母親徐品蓮把教養的權利全數交給向安婕，而向安婕以除惡務盡的方式對待孩子，這不會是正確的做法。

她知道盧佳慧只是暫時妥協，為了等一個逃跑的機會。

向安婕交代了她一些任務，她經過那天的儀式之後，似乎已經被向安婕認可，成為真尊身邊的弟子。向安婕要她去查閱手上的未成年個案資料，找到「跟她們一樣」的母親。

向安婕說：「這些母親都深陷罪責，需要真尊的憐憫。」她更許諾蘇方琪：「只要讓更多母親成為真尊的信徒，妳就能更快找到女兒。」

蘇方琪在向安婕的壓迫之下，不得已真的給了幾個名單，向安婕不斷催促她，要為真尊找到更多的信徒，要拯救更多的母親，如果做不到的話，蘇方琪的女兒曉真就沒有辦法回家。

蘇方琪內心最迫切的渴望就是再次見到女兒一面。

如果這就是與魔鬼交易，她閉著眼睛也願意。

她謹慎翻閱自己個案的狀況，挑選高風險家庭中相對問題簡單一點的，或者母親明顯已心不在家庭，可能是社會化程度較低，或者日常知識不足以撫養小孩的對象，再者還有高學歷的婦女，或許比較不會被真尊信仰吸收？

但她發現李依珊會組織其他婦女，不依不饒的假裝巧遇、以老同學相認、環保團體、推廣真尊信仰等方式，遇見這些婦女，進而熟識。

過了一小段時間，蘇方琪還是在道場看見自己給出名單的母親。

她內心感到罪惡，只能說服自己，至少信仰慈母真尊沒有壞處。

雖然她本能的挑選過要給向安婕的名單，但她沒有辦法欺騙自己，這是完全無害的信仰。所有的信仰都有其恐怖之處，如果沉迷太過，就會失去對日常生活的現實感，這個道理經過這段時間，蘇方琪比誰都要清楚。

但她仍然逼自己繼續交出名單，因為向安婕許諾要替她找回女兒。

四、罪孽的眞相

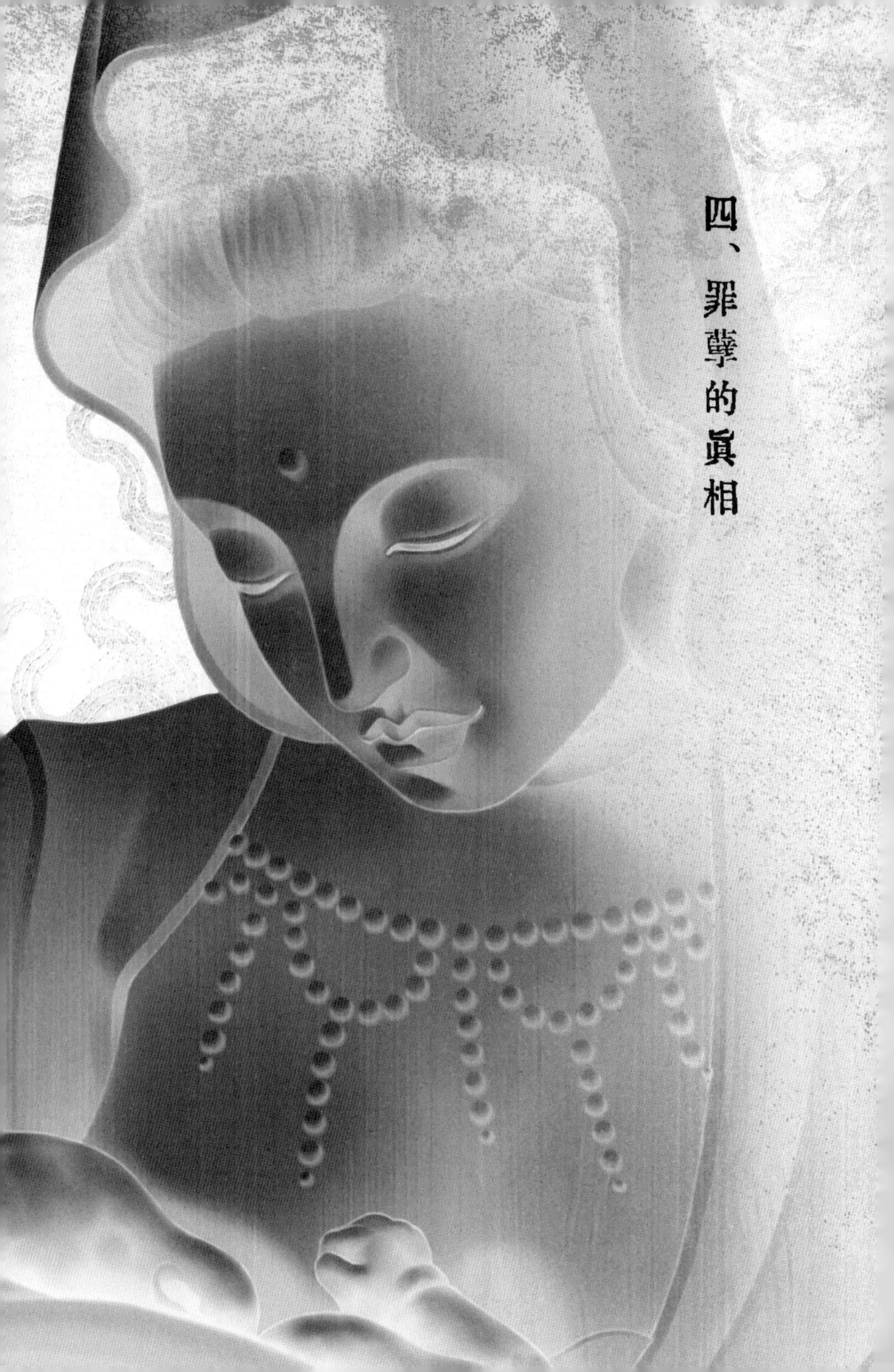

蘇方琪說服自己交出名單給向安婕，但她仍然陷於恐慌，她知道自己這樣做是不對的，但她想要再次見到女兒的執念蓋過了一切。

她只能說服自己，向安婕沒有迫害任何母親，只是以宗教名義實行恐懼勒索事實，而很多宗教都在做這件事，地獄就是一場橫跨東西方人類的集體恐懼。

好在，其實能夠留在道場的媽媽並不那麼多。

不是說她們可以免於宗教洗腦與罪孽恐懼，而是她們本來就不那麼關心孩子，或者是她們沒有足夠的時間、足夠的家庭支援、足夠的關懷系統去照顧小孩，才會讓她們的孩子成為高風險關懷少年。

所以即使向安婕驅使其他婦女接近蘇方琪提供的名單，也鮮有真正被吸引入教的婦女，即使有也尚且進不了核心區域，只會有一搭沒一搭的來聽課，很快就會跟道場失去聯繫。無法貢獻時間跟金錢的她們，不是向安婕重點關懷的對象。

蘇方琪如此安慰著自己。

她沒有傷害到誰。

直到徐可穎死了。

徐可穎是徐文鳳的十七歲女兒。

因為徐文鳳在酒店上班的緣故，讓徐可穎很看不起自己的母親，但叛逆又沒有一技之長的她，很快就跟隨母親的腳步開始援交。

女兒跟自己走上同樣的道路，成為徐文鳳痛苦的來源，她一直深信是自己的罪孽，讓女兒變成這樣，她賺罪惡的皮肉錢，報應在女兒身上。

所以徐文鳳對慈母真尊很虔誠，幾乎每週都來，也常常硬把徐可穎拖來道場。但徐可穎非常叛逆，來過幾次道場，幾乎都是以砸毀佛堂收尾，連向安婕都制不住她，後來徐文鳳就很少強迫女兒來了。

但沒想到，徐可穎死了。

一樣是意外死亡，是徐可穎吸毒之後，恍惚離開家裡，在家裡附近馬路被卡車撞死，連新聞都沒有報導，還是向安婕通知大家，要去徐文鳳家裡幫忙後事，蘇方琪才知道這件事。

蘇方琪懷著忐忑不安的心情去徐家幫忙，那是在萬華地帶的老公寓，也無法在家裡擺放靈堂，只能租個簡易的帳篷作為臨時靈堂，徐文鳳哭得幾乎暈厥過去，整個靈堂都是她的哀號聲。

「妳這個不孝女，妳這麼早死，妳是要我怎麼辦……」徐文鳳哭得讓很多在場媽媽都開始擦眼淚，連蘇方琪都心有戚戚焉了。「妳為什麼這麼不聽話，向老師說的話都沒有聽進去……」

但詭異的是，徐文鳳已經身在女兒靈堂，看著女兒屍體，她還是不斷責怪女兒，也沒有任何母親去勸阻她。所有人一致認同，徐可穎會死，是她犯下了太多的罪孽。

這讓蘇方琪感到煩躁。

只有向安婕來的短暫時間，可以讓徐文鳳恢復冷靜。

徐文鳳一從靈堂內看到向安婕下車，她幾乎就是立刻爬過去，一路膝行，直到拽著向安婕的裙襬，她才滿懷希望的抬頭。

「老師……」

向安婕安撫地按住她的肩膀。

「沒事，真尊之子會找到妳的女兒。慈母真尊也會把可穎帶在身邊修行，她罪孽未清，現在下地獄會輪迴到畜生道，但幸好真尊開恩，願意現在讓她帶罪修行。」

向安婕的保證讓徐文鳳破涕為笑，幾乎是感激涕零的磕頭。

「謝謝老師，要不是老師，她現在還在外面造孽，死了好，死了好，真尊願意帶著她，那我就放心了……」

在場的都是道場的人，沒有人感覺這段話有多奇怪。

蘇方琪一陣心冷。死了比活著還好嗎？

她暗自提醒自己，不能跟這些母親一樣，她仍然希望女兒活著回來家裡，他們是一家人，他們可以回去從前的生活，女兒仍然是那個體貼可愛、會撒嬌的小公主。

她不想陰陽兩隔，不想被真尊奪走孩子。

她斟酌再三，徐可穎的事情讓她沒辦法繼續欺騙自己，她下定決心，把這件事情告訴周政。

她跟周政約在外面，發現就連周政都不知道徐可穎的事。

「這不是我這區的案子。」周政頭疼的嘆氣。「檢察官驗屍後就結案了。」

「你覺得這個案子有疑點嗎？」蘇方琪問。

「跟其他案子一樣，都不能確定。」周政把從其他分局調來的徐可穎車禍資料攤開。「第一目擊者是卡車司機，第二目擊者就是死者母親。」

「徐文鳳親眼看到女兒死了？」

「對，在凌晨五點的時候，根據監視器畫面，她先是走向徐可穎的屍體，坐倒在地，等到卡車司機報警，她才開始趴在屍體上哭。」

「她那個時間為什麼會出門？」

「她說她跟女兒吵架，不放心就跟出來。」

蘇方琪點頭。

「她們關係不好，這我可以確定。」

「但當天鄰居沒有聽到吵架聲音。」周政拿出另外一疊厚厚的報案紀錄。「她們隔壁住著一個神經衰弱的中年男子，只要她們吵架就會報警，要分局員警去處理。」

蘇方琪皺眉，開始翻閱紀錄。

這跟徐文鳳之前說的相符，徐可穎其實也不常在家，只有要錢的時候會回來，頻率不高，一週一到兩次而已。徐文鳳會拿錢要脅女兒回家住，母女就會大吵，甚至打架，搞得家裡烏煙瘴氣。

「她吸什麼毒？」

「海洛因。」

蘇方琪跟周政雙雙無言。

又是海洛因。

「如果她有錢買海洛因，她應該不用回家要錢。」周政蓋上資料。「妳在那個道場有沒有發現什麼？」

蘇方琪一窒。

即使徐可穎的死，讓她沒辦法繼續欺騙自己向安婕是無害的，她也很畏懼真尊帶走她的孩子，但她現在還是不想提起鬼魅的事情。或許是不想讓周政認為自己發瘋了，也可能她抱著一絲期待，希望真尊之子真的可以找回女兒。

「沒有，向安婕雖然收取大家的貢獻，但實際上沒有什麼特別的地方。」

「真的很奇怪。妳們都在道場做什麼？」

「聽向安婕講課，還有舉行一些怪力亂神的儀式，要下跪、也要上貢，偶爾會聞到怪味道，讓人暈眩不舒服，我猜是致幻藥物，跟一些乩童使用的東西差不多，沒有太大的危害。」

「致幻藥物不至於使人殺人吧？」周政判斷。「妳弄一點來給我鑑定。」

蘇方琪點頭：「好。」

「太多的巧合就不是巧合，但兇手到底是誰？」周政困惑。

他看著蘇方琪的模樣，總覺得蘇方琪有些變化，他決定冒險一試。

＊＊＊

晚間十點。

吳為昕猶豫的看著周政，試圖還想勸阻對方。

「你跟我不一樣，我沒考上警校，講好聽是靠行，還能開個偵探事務所，講難聽就是抓姦的，我以後幹什麼都沒差了，但你確定你真的要這麼做？」

周政也不是很確定自己是不是可以承受後果，但如果他不查，那些年輕的生命會就此消散，沒有被任何人注意到，連新聞版面最後對他們的敘述都是不良少年、不良少女，底下的留言都是活該、死了最好。

沒有一條生命是死了最好。

風聲從他們耳邊呼嘯，這棟公寓不高，但附近都是公寓，沒有什麼大樓，也是可以看到一整片的住宅。

住在裡頭的人，都仍然期待著正義與公平吧。

周政笑著看吳為昕。

「幹吧。有事你幫我扛。」

「幹！我就知道。」

吳為昕笑罵，他跟周政在五樓頂樓加蓋的屋頂，兩個人活像蜘蛛，攀爬在屋簷上，他戴上耳機，雙手拿出筆電開始快速輸入，破解大樓網路，真的要不是他當年跑得不夠快，槍法不夠準，光憑他這一手駭客技術，就應該破格錄取他。

吳為昕的目光裡閃過數字，雙手快速的開始打字，螢幕上出現整棟公寓的電子設備跟相關資訊，他像條魚般安靜的潛入之後一一駭入，把附近巷道的監視器都全數關閉，再接管公寓內的家用監視系統。

這種民用設備的防火牆對他來說，幾乎等同不存在。

只是他很少幹這麼大一票而已。

另一邊的周政戴上黑色頭套，他其實不是不後悔的，尤其想到妻子跟女兒，如果妻子知道他身為警察還做這種事情，一定會非常難以理解，但不能再繼續有人死了，他按照正規的方式查，卻什麼都查不到，只能眼睜睜看著年輕的生命繼續沒有疑點的逐一消逝。

也或許，在他內心深處，更重要的是，他需要證明自己的直覺是對的。

他不相信，那些意外真的只是意外。

十點十五分。

周政手腳並用，垂吊到五樓加蓋後方的儲藏室，他輕輕卸除玻璃，從屋外向屋內丟入瓦斯彈，瞬間煙霧開始瀰漫，從門縫鑽出去。

屋頂上的吳為昕同步播放火災警報器系統，整棟公寓開始警鈴大響。

吳為昕開始接到報案電話，他快速的接聽，安撫附近的居民。

「同安街55號嗎？我們已經派員過去，請先疏散到一樓……」

此時，人在道場內上課的蘇方琪看見煙霧瀰漫，她緊緊盯著向安婕，順著人潮往樓梯移動，李依珊開始組織大家，把房內的小孩全都帶出來，立刻朝樓梯逃生。

向安婕走進後方的小房間，牽出了真尊之子。

真尊之子睜大著純真的雙眼，好奇地看著四周，這是他從未見過的景象，在他的世界裡有很多的玩伴，但他從來沒有見過平靜生活以外的景況，他從未見過爭吵，從未見過母親受挫，他不曾度過一天慌張的日子，他永遠只在自己的世界裡生活。

他想掙脫向安婕的手，試圖呼喚他的同伴，直到向安婕在他耳邊低聲說話，他才停止掙扎。但他一發現要離開這裡，平靜的模樣就開始破碎，他發出尖銳的嚎叫，像是野獸般的聲音。

這聲音嚇壞了眾人，母親信徒們不能理解平時敬畏的真尊之子，為什麼會忽然失去神性？慈母真尊跟真尊之子不應當害怕人世間的萬物。

向安婕只能緊緊把他抱起來，嚴肅要大家立刻下樓，蘇方琪緊跟其後，他們一行人蜿蜒著樓梯，終於下到一樓。

直到安全走出戶外，眾人才有時間抬頭仰望，她們紛紛注視頂樓，剛剛上課的地方，現在散發出陣陣煙霧。

整棟的住戶也陸續下樓，倉皇帶著簡單的行李，或者身穿凌亂的睡衣，以向安婕為首的一整群藍裙白衣信徒顯得相當顯眼，但相同的是每個人都面色驚惶，倉促不安。

李依珊開始帶領大家誦念真尊的經文，低低的誦經聲在人群中迴響，不自覺的把信徒跟其他住戶分隔開來。

角落的蘇方琪注意到，向安婕打開手機，但畫面中全數顯示斷訊。

吳為昕早就接管公寓的電子設備跟訊號。

向安婕此時已經無法掌握那間小房間的狀況了。

幾天前，蘇方琪跟周政討論，他們必須找到更多證據，才能把這些事情串連起來，才能證明那些孩子的死不只是意外，而證據不可能完全從世上消失無蹤，最有可能是藏放在向安婕貼身可以看管的地方。

貼身的地方？

蘇方琪注意了很久，向安婕的房間是不准任何人進去的，即使是分配打掃的時候，房間也不在大家打掃的範圍內，從來沒有人見過裡面到底是什麼樣子，只能從房子的空間大致推斷，那應該是五坪左右的空間。

慈母真尊像的佛桌底下似乎有個小隔板，可以讓真尊之子從桌子下穿梭，在房間與外界道場來去自如。

除此之外，向安婕從來不在大家面前開啟房門。

「我們一定要進去那間房間，才有機會找到更多秘密。」

蘇方琪跟周政決定，他們找來吳為昕研究電路設備，卻意外發現，裡面有數支可以連接向安婕手機的監視器，他們起先駭入了監視器，想從攝影畫面找到蛛絲馬跡，但監視了整整一周，除了看見真尊之子一個人對著空氣說話，沒有任何收穫。

他們最終決定了今天的這樁假火災事件。為的就是引開向安婕跟道場內的其他人。

十點二十分。

一樓的向安婕抱著真尊之子，皺眉注視著頂樓，天空沒有竄出火光，也沒有傳來消防車的聲音，她察覺不對，想上樓看看，但真尊之子緊緊抓住她，情緒越來越激動，甚至開始用拳頭毆打自己的腦袋，這裡對他來說太過陌生，有太多聲音跟沒見過的東西。

向安潔不想讓信徒看見這一幕，只能緊緊抱住真尊之子，用盡全身的力氣阻止他，幾個信徒發現，也跟著幫忙，但真尊之子開始癲癇，口吐白沫。

這讓蘇方琪很緊張，信號暫時被吳為昕遮蔽，但她得讓真尊之子送醫。還有周政到底找到了什麼？

她看著不斷抽搐的真尊之子，咬牙使用吳為昕給的設備，要吳為昕呼叫救護車。

周政在煙霧中進入道場，他根據蘇方琪拍攝的照片，很快地找到慈母真尊像後方的房間，他快速地開始翻找櫃子，很多的資料夾整齊地出現在他的眼前，他知道自己只有十分鐘的時間，一一翻拍帶走是不太可能，他只能憑藉自己的記憶力。

他把資料夾全部搬出來，全數打開，準備快速翻閱，他要盡可能地記住更多的東西，至少要帶走一些未知的訊息。

但此時一隻手按住了紙張。

他猛地抬頭看，是張血肉模糊的臉，他嚇得往後退，撞倒了風扇，越來越多的臉從牆壁裡浮出來。

他的心臟跳動得飛快，幾乎要突破胸膛，他不知道自己看見了什麼，眼前十幾個蒼白的鬼魂湧向他，他緊緊閉上眼，鬼魂穿越他而過，一陣冰冷的氣息跟無止盡的恐懼讓他渾身冰冷。

他看向門口，跟進來的吳為昕發出了慘叫聲。吳為昕本來是要來通知他蘇方琪要叫救護車的消息，卻被眼前為數眾多的鬼魂嚇瘋。

吳為昕嚇得轉身逃離。

周政也跟著手腳並用的爬向門口，他扶住門框，往後看，門內是密密麻麻的鬼魂，但他卻無法移動自己的腳步，因為他認出了好幾張面孔，是李建國、是徐可穎、是楊茹蘋，是死去的孩子……

他們流出血淚，張開猙獰的嘴，撲咬過來，周政閉著眼睛，再次被冰霜跟悲傷籠罩，他閉著眼睛在煙霧中流出眼淚，被沉重的怨恨同感，他蹣跚地走回櫃子邊，翻開那些資料夾。

他翻了幾頁，原先深怕自己記不起來的的憂心轉為觸目驚心。

因為這是一份一份集結成冊的保險單。

上面有很多的孩子資料，而從櫃子深處挖出來的那十幾本冊子的孩子，已經全數意外身亡。

不。保險資料出現在這裡，就可以說明不是意外。

要抓到嫌犯得要有動機跟犯罪手法，至少他們現在找到其中一項了。

巨額的保險金是很能使人貪婪的動機。

鬼魂們再次撲向他，他的手出現熱辣辣的痕跡，全是抓痕，他的手跟腳都被扒抓，幾乎動彈不得，但還是使盡全力地把資料歸位，他已經沒有時間，他背上爬滿了越來越多的鬼魂。

但他悲哀的心想，這些孩子最後的重量只剩下這些了。

一點都不重。

十點三十分。

他蹣跚走向窗戶，看準下面的鐵窗屋簷，他再也沒有力氣往上爬，只能翻出窗子，往屋簷下摔，他翻滾了幾次，砸破了幾片遮雨棚，聽見自己骨頭斷裂的聲音，還有嚐到嘴裡的鮮血味。

最後在昏迷之前再次看見孩子們蜂擁而下，籠罩住他的視線。

他昏過去，眼前一片黑。

周政住院住了大半個月。

他的右大腿骨折、氣胸，還有腦震盪，摔到遮雨棚後他短暫昏迷，就聽見消防車鈴聲大作，他拚了命的又翻身下樓，一拐一拐走到遠處大馬路，才放任自己昏倒過去，嚇得路人連忙叫救護車。

周政進了急診後緊急開刀，一度大失血，醫生差點發病危通知書。

但幸好開刀之後轉加護病房，他身體年輕，平時有訓練，在醫療人員的悉心照料下，終於慢慢好轉。

他期間也多次朦朦朧朧醒來，但不斷大吼大叫有鬼，還想拔除管線，搞得加護病房人仰馬翻，醫師不得不替他注射鎮定劑，讓他繼續昏睡，以免傷勢惡化。

周政的妻子蔡敏恩，本來就對神佛事情相當敬仰，她從廟裡求神拜佛，找來道士作法，甚至要求更換周政的病房，說是加護病房內死去的人太多，糾纏著現在體虛運弱的周政。

醫院方面當然不肯，他們給出的答案也很合情合理，在加護病房內沒有日夜之分，人本來就很有可能出現幻覺跟幻聽，這樣的狀況他們見多了，只有使用藥物控制周政，才是最好讓他康復的方法。

一週多之後，周政終於清醒，能夠與人交談。

他趁著妻子回家照顧小孩，打電話要吳為昕跟蘇方琪過來，吳為昕不肯接他電話，只回了簡訊說這個案子以後他不碰了。

周政知道吳為昕當時一定也在那個頂樓看到「什麼」。因為他身上的抓痕開始腐爛，連醫生都皺著眉換了好幾次的抗生素，但還沒有什麼作用。

妻子陰錯陽差找來的道士小心翼翼地擦了香灰，反而減緩了一點疼痛，但那名道士也只肯來這麼一次，他語重心長的要周政別碰不該碰的事情，這讓蔡敏恩更加敏感，深信周政一定是招惹到邪靈。

好不容易勸蔡敏恩回去照顧小孩，周政才逮到機會跟蘇方琪碰面。

蘇方琪來時，周政只能躺在床上，高高吊起自己的右大腿。

「後來怎麼了？」周政問。

「你找來的那個朋友，吳什麼的，放火燒掉了頂樓的道場。」

周政不敢置信，蘇方琪早有準備，乾脆把報紙給他看。

新北土城區民宅佛堂失火，幸好無人傷亡。

周政看著照片，火光高漲，濃煙飄散。

「東西呢？」

蘇方琪搖頭。「全沒了。」她壓低聲音：「現在只有你知道裡面是什麼了。」

周政沉默，這是好事，也是壞事，所有的證據都不見了，但這樣也能掩蓋他們的痕跡，原先的計劃就是小規模的縱火來轉移注意力，但沒想到吳為昕嚇瘋了，直接燒了整層樓。

「裡面到底有什麼？」

有鬼。

周政差點脫口而出，但他下意識地住嘴，他身為警察，不該相信那些事情，而且更深的恐懼是他不想提起這件事，他寧願當成幻覺。

「保險單。」

「保險？」

「青少年的保險單。我大略翻了，好幾個死掉的孩子都在裡面。」

「所以真的不是意外，是向安婕詐領保險金？」

「她領不到保險金，她應該是利用妳說的真尊信仰，要那些母親用供奉的方式交出保險金，來替自己的小孩贖罪。」

「她瘋了……」

蘇方琪不敢置信。向安婕是這樣有計劃的在殺害道場裡的小孩，難怪她屢次要求大家，一定要把小孩帶到道場，也不斷尋找像她們這類的母親，因為她們心中的縫隙如此巨大，需要宗教作為出口，而這個縫隙，正是向安婕斂財的方法。

「先不要打草驚蛇。」周政勉強自己稍微起身。「我會去找到她殺人的方法跟證據，現在有動機，局長應該會願意給我人手，妳……不要再介入了，這樣就好了。」

「什麼叫這樣就好了，現在終於知道她是兇手，所以我的個案也是被她殺掉的！」

「那裡很危險。」

「她不會對我下手。我的受益人是我老公，即使我死了，我老公也不會把錢給她。」

「不只是這樣！」周政激動起來。

蘇方琪察覺不對：「你在那裡還看到了什麼？」

「……被害者。」

「什麼意思？」

「死去的人，那些孩子，他們還在那裡。」周政頭疼的抹臉。「我不知道是不是我的幻覺，我在加護病房也數次看見他們，他們常常撲向我，尖銳的聲音震耳欲聾……」

「我知道。」蘇方琪打斷他。

周政錯愕。

蘇方琪繼續說：「我也看過他們。不是幻覺，是真的。你還記得他們的模樣嗎？你去翻他們的遺體照片，就是那個樣子！」

「翻什麼照片？」

背後忽然傳來中年男人的聲音。

周政跟蘇方琪嚇得轉頭，是許益路。

「沒什麼，方琪，這是我局長。局長，方琪是我的朋友。」

許益路點頭示意。「妳好，我是周政的長官。」

「你好。」

蘇方琪抓起包包。「你好好休養，我改天再來看你。」她轉身走向病房門口，加快腳步離去，她心裡有點害怕，因為她前幾天見過這個男人一面。

火災發生的時候，真尊之子癲癇發作，但樓上被吳為昕燒了，向安婕沒辦法帶真尊之子回去，她又阻止眾人叫救護車，她自己打了通電話，許益路跟一名女人就開車過來，把真尊之子帶上車。

當時蘇方琪就在旁邊，她看見這名男子坐在車內抽菸，她不知道對方有沒有認出自己，也不知道對方與這一切有沒有關係。

直到後來頂樓的火熄滅，向安婕才獨自回到道場，跟其他人一起打掃。

現在道場在施工裝潢，大家已經好幾天沒看到真尊之子，信徒們人心惶惶，都在詢問向安婕，真尊之子發生什麼事情了？

向安婕只說真尊之子受到凡間劫難侵襲，為大家擋災而受傷，現在在療養中，不方便替大家引來子女之魂。

但蘇方琪知道，所謂的真尊之子也是人，他明顯對外界的刺激反應過度，才會產生癲癇反應，他需要受到治療，也需要受到輔導，不然他一輩子都會這樣，永遠只能待在向安婕的道場裡，永遠只能做向安婕的神。

但他會長大，他不會一直都那麼小的。

蘇方琪又抬頭看身後的醫院，她手心都是汗，她掏出手機，傳簡訊給周政。

小心你的長官。

周政招呼許益路坐下，他看見自己手機彈出的視窗，不動聲色的拿過來，放到病床邊，螢幕朝下。

他之前就知道許益路的姊姊跟民間互助會有關係，但他一直沒有機會詢問許益路，而且直到現在，他也仍然不想懷疑許益路跟這些事情有牽扯。

許益路不只是他的學長，更是他的模範，學長是實打實從刑警做起，慢慢升遷上去，完全不靠關係，也不拍長官馬屁，分配到局裡的差事如果是無理的要求，他從來都不假辭色地拒絕，不會為難底下的人。

許益路是個好人。

「傷口好一點了嗎？」許益路坐在病床邊的椅子上，和藹的詢問。

「謝謝長官關心。好很多了。應該這兩天可以出院。」周政拿起病床邊的保溫瓶，想替許益路倒水，許益路連忙接過，不讓他亂動。

「不用著急，傷勢養好了再說。不過你怎麼會摔得這麼嚴重？」

許益路把水拿在手上，眼睛像獵鷹一樣的看著周政。

「抓犯人的時候，不小心從樓上摔下去。」

「什麼犯人？有人報案嗎？」

「巡邏時剛好看到，應該是竊盜吧，也沒看清楚臉。」

「哪一個地區哪一戶？」

「……我忘了。」

周政傻笑，他指著頭上的傷，「醫生說開刀之後，可能會喪失受傷之前的短期記憶，說是什麼人體自我保護機制……」

「沒事。」許益路也笑了。「這些事情不著急，等你出院回隊再說。」

周政點頭。「謝謝局長來關心我，這幾天給隊上添麻煩，真的很不好意思。」

「你這也算公傷，沒有人會說什麼。」

「謝謝局長。」周政猶豫一下。「局長的姊姊最近還好嗎？」

「嗯？怎麼忽然問起她。」

「沒有，最近很久沒在局裡看到她，想說問問身體好不好？」

「還好，也是有年紀，比較不想讓她來局裡忙了。」

「她退休了嗎？這樣平常會不會無聊。」

「她忙得很，她那邊常有朋友來坐，連我過去都要先預約。」許益路笑。但很明顯，眼底沒有笑意。

「剛吃完藥，好像有點暈了。」

「那我先走了。」

「沒關係，局長再坐一下，我老婆應該要回來了。」

周政掐準時間，果不其然，妻子很快推開了門，許益路順理成章地起身，跟蔡敏恩寒暄幾句後就離開，走之前還囑咐周政不要擔心，多休養幾天。

周政點頭，心裡卻有點難過，他最後還是沒有明白地問出口，局長姊姊跟這一切有什麼關係？但他又不願意打草驚蛇，剛剛已經是他在懷疑局長之前，最後的努力了。

他想，只能靠自己查。

不管接下來是什麼，他都不想放棄。

他越過蔡敏恩忙碌的身影，看向牆面，那裡隱隱約約浮現出幾張少年、少女的臉，面容似哭似叫，看起來非常痛苦。

他起先很害怕，在加護病房時，一度以為是向安婕派那些鬼追到這裡來，想加害自己，但後來發現他們非常痛苦，像是被困在某種狀態內，他們跟自己不處於同一個時間，只是交疊於同一個空間。

他們做不了什麼，只有在非常靠近時，讓人感覺到徹骨的寒冷跟痛苦而已。

「小熙最近睡得很不好。」

蔡敏恩弄湯給他的時候開口。

「有帶去看醫生了嗎？」

「有啊，但都看不好，醫生也找不到原因。」

「小孩子嘛，就是這樣，睡過夜之後就會好多了吧？」

周政喝湯，他兀自思考著局長剛剛的神情，是真的關心他的傷勢，還是對他起疑了？但從上次會談之後，他對這些青少年意外案，沒有再展露任何興趣，而且……局長真的參與其中？

「我當過媽媽的朋友說，要帶去拜拜。」蔡敏恩又提了一句。

「那妳找媽一起去，不要喝什麼符水喔！」

「嗯。」蔡敏恩點點頭。

＊＊＊

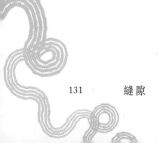

蔡敏恩從計程車上下來，她帶著出生不久的女兒，放在推車裡，走進大樓。

女兒的哭聲剛歇，現在仍在推車內抽抽噎噎的。

她在計程車上不管怎麼哄，女兒永遠不買單，不肯給她一個笑臉，就連計程車司機，也從後照鏡投來譴責的眼光。

但不只是今天。

女兒最近總是一直哭，而丈夫卻只是忙於公事，絲毫不聞不問。

她心裡也很清楚，現在家裡只剩下一份收入，她選擇做全職媽媽，就應該好好負責這份工作，但她還是很痛苦，甚至充滿了恨。

她有時候也懷疑自己是不是產後憂鬱，不然為什麼現在丈夫說什麼都聽不進去？尤其是丈夫老是提到他媽媽可以幫忙，為什麼？是她做得不夠好嗎？

為什麼連出門都要找媽一起？

蔡敏恩蓋好女兒小熙推車的遮罩，她沒問題的，她可以自己帶著小熙，只要再過幾個月，小熙會慢慢長大，她就會從地獄中脫離，她就可以好好睡一覺，不會這麼想殺掉女兒。

是啊，她現在看見女兒的臉，總是有一種想掐死這一團肉的衝動。

明明一開始很期待的。帶著幸福的心情懷孕了。

但生下來之後，生活完全被改變，完全超出自己的掌控，連睡眠跟食慾都離自己而去，而這團肉帶來的卻只有剝奪跟疲憊。

她得不到丈夫的關心了，她再也不是妻子，而是母親。

可是她還沒有長出母愛啊。

會長出來嗎？

會長出來的吧，會吧，會吧。

身邊每個好朋友都順利地變成母親了，不會只有她還落在原地變成惡魔吧？

蔡敏恩表面看起來平靜，身穿棉質服飾跟剪裁良好的七分褲，她懷孕時胖起來的體重，在這幾個月內飛速消滅。身旁的朋友，都以為她減肥有成，稱讚她是毅力很好的媽媽，沒有人知道，她已經很久沒有吃東西了。

她的內心幾乎歇斯底里。

她以為自己掩飾得很好，卻不知道她的眼神已經映照出痛苦的靈魂。

她走出電梯，抵達大樓的某一層樓，門口已經有人在等待她，對方身穿白衣藍裙，而身後道場內，是一座一人高，供奉在高臺上的菩薩像。

那尊菩薩像低垂雙眸，一雙手懷抱嬰兒，身後卻又各有一隻手從腰腹伸出，拿著刀與劍，而嬰兒臉上滿布青筋，彷彿正用力吸食著母親的生命力。

向安婕走到蔡敏恩面前，握住她的手。

「妳不用感到痛苦，也不用自責，人世間萬事皆有因緣果報，她會出生來做妳的孩子，都是因為妳們有過緣分，而這份因緣，將在今世了結。妳要還債，將債償清，才能斬斷因果。」

蔡敏恩潸然淚下。

果然是這樣，都是她欠下的，她才會如此痛苦。

才會只有她在地獄內。

＊＊＊

周政休養了幾天，回到隊上，所幸他年輕，身體素質又好，沒留下什麼後遺症。局內還特地叫了披薩、可樂，歡迎他回來，連許益路都出來跟大家一起吃，閒聊了一陣，一派歡欣的氣氛。

但主角似乎不是周政，大家圍著局長講話，比平常要來得親暱很多。

派對結束之後，周政偷偷詢問學長，大家怎麼這麼開心？

應該不是真的因為他傷癒歸隊吧？

學長笑著說：「局長要高升了。」

周政愣了一下。「這件事確定了？」

「對啊，本來中央有兩個人選在挑，看是誰要調去大安分局。但聽說對方最近出車禍，過世了。」

「怎麼會？」

「意外這種事情很難說嘛，好像當場就走了。」

「前陣子在新聞上看到他們破獲毒品案件時的演講，人就還好好的。」

「所以總不好大肆慶祝局長高升，畢竟是因為對方意外過世，乾脆就藉著你的歸隊，歡送歡送局長囉。」

「難怪……」

周政懂了，但他越想越覺得奇怪，剛好出意外？真的有這麼多剛好嗎？

這跟那些青少年的死有什麼差別……

「學長，你知道跟我們局長競爭的對手叫什麼名字嗎？我記得姓林。」

「姓林沒錯，好像叫林龍凡吧，也是台北市的分局局長。」

周政不相信那些青少年的死是意外，他現在也不相信局長的對手只是純粹車禍，尤其在他經歷了這一切之後。

他想要繼續查。

他先是在局內隱晦地打聽了林龍凡喪禮的時間跟地點，如學長所說，對方也是台北市分局的局長之一，本來調去大安分局的呼聲還比許益路高，但林龍凡卻在返家的過程意外出了車禍，車禍極其嚴重，車子在高速公路撞上分隔島後，打橫遭到後面貨車追撞，當場死亡。

因為林龍凡是警界同仁，相關調查小組也特別仔細檢查，高速公路上的監視器跟他個人的行車紀錄器都沒有任何疑點，最後只能歸咎於心肌梗塞所引起的不幸意外。

周政身穿西裝，坐在林龍凡的喪禮裡，聽著大家談論這一切。

他低調而不顯眼的坐在角落，全程沒有與人交談，但這些耳語還是不斷鑽進他耳朵裡，感嘆林龍凡即將踏上大好前程的人有；討論林龍凡的兒子還沒從美國回來弔唁的人也有；更多的是對這起車禍的可惜跟不敢置信。

周政聽了一會兒，上前上香，他胡謅了警界學生的名號，前來致意，也沒有引起家屬注意，周政密切的注意禮儀公司，等到喪禮結束後，他找上那家禮儀公司，遞了包紅包過去。

「有點事情想跟你們打聽。」

禮儀公司的人很客氣，把紅包連連推回，但在半推半就之下，還是放進口袋。「家屬的隱私我不能說，但有什麼想問的問題你問問看。」

「我想問，林龍凡的死有沒有什麼疑點？」

「這種事情你應該問警察吧。」禮儀公司的人疑惑地看他。

「有些事情總不是那麼科學。」

周政真的沒想過自己會講出這句話，前陣子還在跟許益路一起討論唯物主義，現在他就要在這裡打聽神鬼之事。

但禮儀公司的人示意周政離公司門口遠一點，走到街口才點了根菸，分給周政，周政從善如流的抽起來，吞雲吐霧。

禮儀公司的人沉默了一整根菸的時間，最後才狠狠抽了一大口。

「有沒有疑點我是不知道。」

「嗯？」

「但家屬不開放瞻仰遺容，這你知道吧？」

周政點頭，他本來也打算找個機會去瞻仰遺容，看看屍體有沒有特別的地方，但沒想到靈堂裡連遺體都沒擺，也沒解釋原因。

「因為模樣太可怕了。」對方又點起一根菸。「不知道他死前看到了什麼，死的時候整張臉的表情變形又扭曲，我們化妝師也沒辦法，弄了幾次眼睛都蓋不起來，硬上縫線也被繃開。所以最後家屬決定，遺體還是放太平間。」

「醫生說應該是心肌梗塞導致的。」

「如果要我說，心肌梗塞應該是果，看到什麼才是因。」對方抽完菸，踩在地上捻熄，「他很像我師傅講的，被鬼索命，是嚇死的。」

「有沒有機會讓我看看？」

「這不可能。」對方搖頭。「他可是高官。而且我勸你，這種事情不要碰，我師傅說過，碰到那種屍體，千萬不要多事，以免惹禍上身。」

「我知道了，謝謝你。」周政目送對方進了辦公室，周政轉身，樹叢裡的陰影，彷彿有視線在偷窺他，周政下意識的凝視，又什麼都沒有，是孩子們嗎？

但為什麼要做這種事？他想這件事情自己一個人還是沒辦法處理，得去把吳為昕逮回來。

「我拒絕！」吳為昕想把門關上，被周政死死抵住。

「你先聽我講。」

「你講什麼我都拒絕。」

周政嘆氣。「你到底是怎樣？打電話也不接，來找你還想把我關在外面。」

「……」吳為昕不講話。

「先讓我進去。」

「沒得談。」

「你有沒有職業道德？你那天把我留在那邊，我差點死了！」

吳為昕頹然的鬆開手，周政這招對他有用，他讓周政進來，泡了杯茶。

「那天晚上，你自己也看到了。」

「什麼東西？」

「在那個道場裡。」吳為昕臉色蒼白，黑眼圈很重，好像很久沒有睡好了。他沮喪地坐在小辦公室裡的沙發，灌了一大口茶。「那些傢伙不是人，你很清楚，他們早就死了，卻忽然出現在那，跟……鬼一樣。」

「那又怎麼樣？」周政專注地看著吳為昕。「我當然有看到他們的樣子，那是他們死前的模樣。」

周政把一疊照片丟在吳為昕面前的小桌上。

吳為昕先是一閃，接著下意識看過去，一會兒，他才慢慢正色。

「這是案件照片？有吸毒？墜樓？還有……車禍？」

「對，全部都是意外。」

「所以他們真的是鬼。」吳為昕的臉色更加蒼白。

「你搞清楚重點好不好？他們是被害者。」周政按住吳為昕的肩膀。「我叫你去查那間道場，不是沒有原因，我現在告訴你，那間道場裡死了很多小孩，全都未成年，他們死因都是意外，但你應該也很清楚，很多的意外集合起來就不是意外。」

「……你剛剛說他們幾歲？」

「十三歲到十七歲都有。」

吳為昕安靜下來。「我不想碰這種案子，會毀掉我的唯物主義。」

「說不定這才是現實。」周政抹臉。「我也覺得講這些很怪力亂神，但如果真的有科學無法解釋的事情，在警察無法偵查的地方發生呢？」

「那就不關我們的事情。」

吳為昕起身，打算送客。

周政不肯讓步。

「你也看到了他們對不對？」

吳為昕背對著他。

「不然你不會是現在這樣。」

吳為昕慢慢轉過身，滿臉悲慘。

「我很害怕，我很怕他們，他們的樣子太可怕了，彷彿只剩下悲慘跟痛苦，沒有絲毫人性……」

「我們是唯一有機會救他們的人。」

「怎麼救？」

「找到真相！」

周政斬釘截鐵，「之前你拍到的照片，裡面有我們局長許益路的姊姊，我們局長即將要升遷，他的對手林龍凡前幾天在高速公路上出車禍，死因是心肌梗塞。」

「你想說什麼？」

「你剛剛說了，他們的樣子很可怕，沒有人不會害怕。」

吳為昕聽懂了。

「有人在操控他們？」

「如果他們已經是鬼，為什麼要管跟他們無關的事？他們只是一群被社會排擠的少年、少女，不會認識許益路，也不會知道什麼局長人選之爭。這背後，一定有人。」

吳為昕猶豫很久，他臉色變換數次，也跟周政一樣，開始下意識的看向陰影之處，他們都很害怕再次看見那些布滿恐懼的臉，但也仍然無法拒絕求助，不管是成為警察的周政，還是後來開了徵信社的吳為昕。

不然他們一開始不會想當警察。

「你想要我做什麼？」

「我們先查他們做過什麼。」

五、眞相

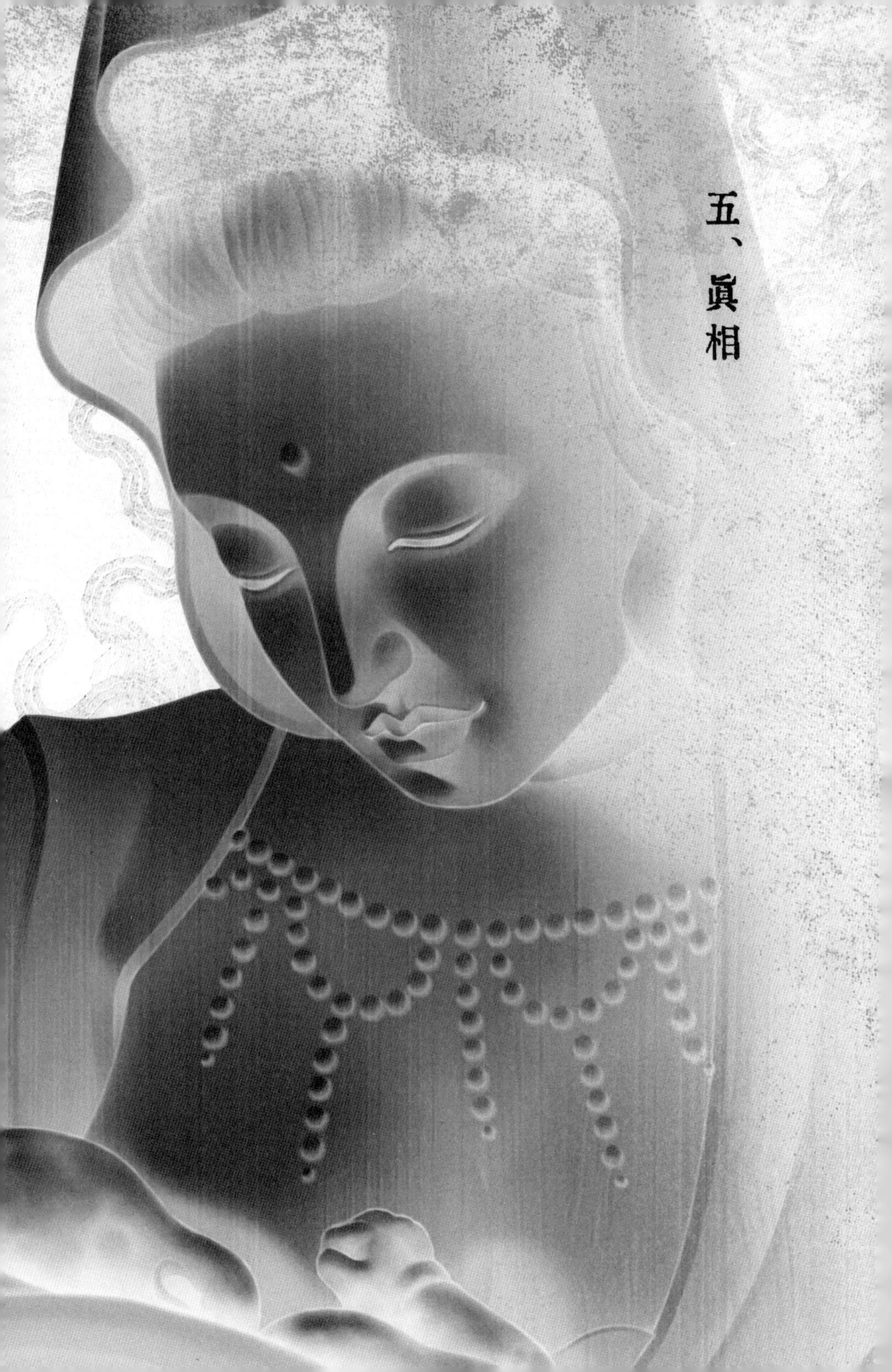

吳為昕喬裝打扮，身上帶著筆記本、錄音筆、相機，他根據周政提供的資料，走進許益路之前任職過的分局，他作為私家偵探，常與警察打交道，很懂得如何接近他們。

但這次他不能暴露自己的身分，一旦被發現有人在查許益路，就有可能引起許益路的警惕，他跟周政多次討論，最後乾脆反其道而行，他裝作是記者，要採訪許益路過往的警察事蹟。

而這個記者是誰派來的，底下的人不會查探太多。

反正許益路已經調派到一向備受矚目的大安分局，接下來就是直升中央，說不定下一任的警察署長就是他，不管是晉升要職還是走上政治明星之路，過往的事蹟，都是大作新聞的宣傳要點。

吳為昕讓自己看起來像是許益路提前派來鋪路的人。

他謹慎、有禮，不探問過多八卦，只希望能夠挖掘精彩的人物亮點，寫一些華美之詞來恭維許益路，但他還是從許益路過往任職的警局裡，探問到了相當有價值的消息。

許益路警校畢業，從基層做起，沒有太多關係，這跟周政之前知道的差不多。

因為許益路一路高升，未來還不知道能走到哪裡，很多人都願意「受訪」，告訴吳為昕關於許益路的許多事情，好在這本未來許益路的自傳裡，留下一個名字。

而在大家口中，許益路的確是正派的警察，從來沒有任何過失汙點，勤懇有為，兢兢業業，歷任的同袍都相當讚賞。

但讓吳為昕意外的是，許益路的晉升之路，充滿著鮮血與死亡，數次他即將晉升之時，一旦有更好的對象出現，或者長官心中還在搖擺不定時，「意外」就會降臨，讓對手出現一些災厄之兆，小至摔下樓梯，大至猝死。

甚至有人私底下傳言，許益路身上的煞氣太重，如果跟他對衝競爭，非死即傷。

最後，吳為昕終於打聽到最早跟許益路同期的警察許四海，兩人當時都相當優秀，合作無間、屢破大案。後來許四海卻不知道因為什麼原因，提前離開警界，現在年近半百，在一間小學當門口警衛，領著少少的薪水。

***

小學的放學時間，吳為昕特別在校門口對面的馬路，等了一個多小時，看著孩子們從校門內跑出來，湧向家長或者安親班老師，他們嘰嘰喳喳，好像有說不完的話，用不完的精力。

而許四海就站在警衛室旁，笑瞇瞇的跟大家揮手。很多小孩看到他，還會特別大喊：「警衛伯伯掰掰。」

吳為昕等了好久，小孩子都走光，才等到許四海跟夜班警衛交班，離開學校。只是他本來以為自己隱藏得很好，沒想到許四海一走出校門，穿越大馬路，就停在他身邊，點起菸抽，開門見山。

「你想問我什麼事情？」

吳為昕大為吃驚，他做私家偵探這麼多年，很少暴露自己的身分，更別說還沒開口，對方就已經猜到來意，難道自己這陣子的作為都已經暴露了嗎？

許四海看著遠方，也沒有理會驚訝的吳為昕。

吳為昕迅速調整好自己的情緒，許四海怎麼發現他的不重要，許四海願意開口才是要把握的事情。

「我想問許益路的事情。你當時跟他同期，聽說兩個人都有機會升上小隊長，但最後是他，為什麼？」

「你知道我後來就辭職了吧？」許四海問。

「知道。」這也是吳為昕困惑的地方，許四海也是警校畢業，按照道理來說，不應該這麼早辭職，不僅浪費這些年的努力，警察在社會上，如果沒有特殊的一技之長，也很難找到更好的工作。

「我從小就有陰陽眼。」

許四海跟吳為昕站在傍晚的馬路邊，明明車水馬龍，人來人往，但許四海這句話，讓吳為昕起了雞皮疙瘩。「人死之後，會因為很多原因停留在人間，有的沒有害人的想法，跟人也沒什麼交集。」

許四海又抽了一根菸。「但許益路背後的那些不是，他們是被強留下來，一大堆，數都數不清，充滿著痛苦跟怨恨。」

吳為昕忍不住吞嚥了口水。

那天晚上，在那個道場，他看過一次，至今永生難忘。

「我起先沒有放在心上，但跟他競爭小隊長的職務時，他身後那一群卻開始轉向跟著我，日子一長，人的運氣就變差，我本來不怕，也逐漸受不了，夜裡睡不安穩，白天總是冷不防見鬼。」

「你覺得許益路知道這件事嗎？」
「我不確定。他或許知道，但可能看不見。」許四海搖頭。
「為什麼？」
許四海又抽了一口。「如果他看得見，他不會不怕。」
「那些……鬼，是哪裡來的？」
「我不知道。都是一些冤死的小孩子。」
吳為昕猛地停住，所以周政懷疑的那些案子真的不是意外？
而且以許四海的年紀推算，這些看似意外的兇案，其實已經行之有年！到底有多少孩子因為這樣而死？
「那你不查嗎？」
許四海笑了。「像我們這種看得見的人，要學的第一件事，就是人鬼不相干，鬼的事情有其他定數，我是活著的人，辦活人的案子。」
「但你還是離職了。」
許四海的臉慢慢沉下來。「再不相干，也會受到影響。」
「你知道後來還有人死嗎？前陣子，有一個其他分局的局長，在下班時出了嚴重車禍，心肌梗塞。」

「這不關我的事。」

「許益路一定在利用那些鬼，你明明就看得見。」

許四海搖頭笑。「看得見又怎麼樣？我又不是道士。而且我現在只是個警衛。」

吳為昕啞口無言。

許四海把菸蒂拋進水溝蓋裡，轉身揮揮手，示意自己要離開了，只是他走了幾步，又停下來，沒有轉過身，彷彿不是特別要跟吳為昕講話。

但吳為昕知道他還有話想說。

「你知道我為什麼一眼就發現你嗎？」

「為什麼？」

吳為昕打起冷顫，他好像知道原因，他不應該問的，但他還是下意識的接話了。

「因為他們現在都在你身後。」

吳為昕看著對方加快腳步離去，卻什麼都做不了。

＊＊＊

周政拜託認識的仲介，拿到了許益路親姊姊，許益姍名下的不動產財產清單。

許益路並不有錢，更不是什麼達官政要。

許益姍剛出社會的時候，許益路還在大學唸書，而他們的媽媽，聽說在許益路國中的時候就過世了，許益姍大許益路六歲，比他成熟得多，她獨自拉拔著許益路長大，陪他唸書、填志願，最後考上警察大學。

許益路大學前幾年的學費，還是許益姍付的。

這不是什麼秘密，而是眾所皆知的事情。

許益路貧困的家境，沒有政要幫忙，他在警界無以依靠，卻能爬到現在這個位置，靠的全是他自己的努力，後來許益路在警界有點成績，薪水慢慢變好，就勸姊姊不要工作了，他會像照顧自己媽媽一樣照顧姊姊。

至少這是他對外經營的形象。

所以他跟許益姍的感情很好，許益姍常常來警局送東西給他，甚至長年未嫁，好像重心都在許益路的家庭身上，許益路的小孩也很喜歡這個姑姑，許益路發到局內群組的家族旅遊照，許益姍總是有一個位置，小孩也親密的跟她依偎在一起。

但剛出社會時只能兼好幾份工作養弟弟的許益姍，在這麼多年沒有工作之後，名下卻擁有十幾筆的房地產，價值加總起來不僅破億，還不是什麼荒山野地的農地，而全是雙北地段良好的房子。

許益路因為是公務人員，每年都要誠實申報，帳戶如果有來路不明的金額，或者增加奇怪的財產，都會被糾察檢舉，但許益姍不算在許益路的家庭內，不會一同被監管。

而循著過戶的交易對象查下去，這些房子的過戶人，全都是向安婕，她以遠低於市價的價格，「賣」給了許益姍。

周政把查到的資料告訴吳為昕、蘇方琪，加上吳為昕帶回來的見鬼消息。

他們終於梳理清楚，許益路、許益姍、向安婕還有這些意外，到底是怎麼一回事。

向安婕用意外殺死小孩子，詐領保險金，再把保險金換成不動產，讓許益路能夠幫忙掩蓋這些事件，而許益路在升遷的道路上，也不時有向安婕的「幫忙」，才能一路暢行無阻，擴大掩蓋的範圍。

他們是一個共犯集團，誰都脫離不了誰。

這些「意外」由來已久，從許益路還在當刑警的時候，轄區內就有發生類似的事件，他那個有陰陽眼的同事，也是因為追查這些事，才會惹到許益路，讓向安婕驅使鬼魂攻擊他。

這麼多年來，有多少年輕的生命被掩蓋在宗教的恐嚇之下？

蘇方琪不敢細想，她澈底清醒過來，她幫助向安婕，取得那些母親的資料，等同於在幫助這個宗教吸收祭品，幫助她們殺人。

「如果我們真的要起訴向安婕，我們得要有更多證據。」周政告訴蘇方琪。

吳為昕也搭腔：「單憑現在的推斷是不夠的，得找到向安婕殺死小孩的方法。」

他下意識的又看向自己背後，打了個冷顫，催眠自己什麼也沒有。

蘇方琪不懂。「但我們已經盡力查了。」

「還有一個突破口。」周政說。

「誰？」吳為昕問。

「那些喪子的媽媽們。他們被妳所說的慈母真尊綁架，用虛幻的鬼魂與人相見來當成誘餌，這才是她們不願意說出口的原因，我們要讓她們知道，她們想像中的親情重逢全是假的，只是延長自己無止盡的痛苦。」

蘇方琪沉默。

她其實很懂那些母親的心情，她自己也是這樣，說什麼都不想放手，彷彿如果讓孩子就這樣離去，就是斷定他們的生命毫無意義，而把他們生下的自己，就是犯下最大過錯的罪人。

好想把他們治好。

好想讓他們來到這個世界是有意義的。

好想讓自己不要成為失敗的母親，不要被唾棄，不要被責怪。

蘇方琪看著周政跟吳為昕，她知道這件事只有她能做，只有她是女性，只有她最靠近道場，只有她失去了孩子。

***

周政返家，他推開家中大門，空氣中瀰漫著若有似無的檀香味，他皺眉問妻子：「點香了？不是說新生兒肺部還沒發展好，我記得妳連香水都不噴了。」

「沒有。」蔡敏恩神情冷淡，不願多說，走進廚房忙碌。

周政自討沒趣，自從蔡敏恩生產後，她一直都是這個態度，不管他做什麼都沒有用，即使讓自己媽媽過來幫忙，或者提出要找保母都沒有用。

明明已經讓妻子留職停薪了。

周政走進嬰兒房，開始逗女兒玩，但他仍然覺得不對，女兒身上的檀香味很濃厚，他細細嗅聞，無法分辨出是衣服的味道還是被噴灑了什麼，但下一秒，他卻看見女兒的臉逐漸扭曲，嘴巴張大，雙眼裂開。

女兒的手向他伸著，彷彿要討抱，但牙齒卻全部向外翻開，頸部不正常的扭了九十度，用力咬住他的手腕，周政吃痛，忍不住大喊了起來，他不敢把女兒往外摔，乾脆把自己的手腕往女兒嘴裡塞。

但那像是一個無底洞，他眼睜睜看著女兒把自己的拳頭都吞噬進去。

他瞠目結舌，不敢置信。

蔡敏恩趕緊衝進來，把小孩接過去。

「她、她……」周政說不出話來。

女兒開始啼哭，像是幼貓脆弱的叫聲。

「你幹麼弄哭她？我好不容易哄睡！」蔡敏恩很不悅的看著他。

「她剛剛咬我！」周政看著女兒大哭的樣子，整張臉漲紅，他不敢相信自己竟然發出這種幼稚的指控，但剛剛的一切是夢嗎？

他看自己的手，沒有任何傷口。

但蔡敏恩卻臉色大變。

「你亂說什麼，發瘋啊？」

她把女兒緊緊抱在懷裡。

「永熙我們不要聽。老師說不好的詞彙不能進到耳朵。」

「什麼老師？」周政敏感地拉住蔡敏恩。

「幼教老師啦！」蔡敏恩甩開他，自顧自把女兒抱回主臥室，還上鎖。

周政鬆一口氣，他在家裡環顧四周，沒看見什麼特殊的東西，他想自己是疑神疑鬼了，他走進書房，這幾個月他的衣服都放在這，妻子不喜歡他吵到女兒睡覺，他乾脆把自己常穿的制服跟睡衣都拿到這裡。

他走進浴室開始洗澡，或許是水聲太大聲了。

也或許是主臥室的隔音真的太好了。

他沒有聽見女兒發出如鬼魅般的尖叫聲。也沒有聽見妻子壓抑的哭聲。

蔡敏恩看著眼前發狂的女兒，她心裡惶恐害怕，腦海中響起老師說的話。

灑了真尊的水，就知道是來討債還是報恩。如果今晚如餓鬼般想啃食父母的肉，就表示是討債，從此之後，父母恩情不再，要一輩子償還惡緣。

要是父母放任不管，就會被冤親債主影響，走上偏路，與父母越離越遠，甚至恩斷義絕，殺父弒母。

蔡敏恩讓女兒啃咬自己的手，瞳孔放大翻白，嘴角裂到最開，她卻說什麼都不願意放手，反而更緊地擁抱住女兒，只敢壓抑著自己的眼淚，不敢痛呼出聲讓丈夫聽見。

他一定會覺得我發瘋了。

但他才是完全不在乎的那個人。

他從來不知道孩子對媽媽是什麼樣的存在。

是心是肝是脾是肺是腎，是五臟六腑，掏空任何一個，都會疼痛至死的臟器。

永熙，不管妳是什麼，我都會想辦法救妳。

蔡敏恩在心底暗暗發誓。

＊＊＊

周政跟吳為昕認為，那些失去孩子的母親們會是突破口。

她們跟向安婕如此親密，又是保險受益人，一定很信賴向安婕，才會心甘情願奉獻保險金，向安婕拿所謂的宗教恐嚇她們，只不過是一場騙局。

即使可以用這種人鬼相隔的方式相見，孩子也只是被束縛在當下，滿足作為母親的私心而已。

如果她們願意睜開眼睛，就能察覺不對。

周政跟吳為昕是如此相信著的，蘇方琪也只能試試看。

道場裡她熟的女性不多，雖然她很盡力地參與，也被收入向安婕門下，認可為慈母真尊的弟子，但她能與她們聊的「恐懼」不盡相同，她沒辦法認同前世惡緣、今生因果的想法。

對她來說，那一切都是隨波逐流，誰也接不住誰。

蘇方琪先去找前陣子女兒過世的徐文鳳，徐文鳳的女兒徐可穎是在與母親吵架後，離開家時被大卡車撞死的。當時監視器還有拍到，是徐可穎神情渙散，忽然從馬路衝出來，才會導致大卡車來不及閃避，當場撞死她。

徐文鳳也是目擊證人，她親眼看到女兒被撞死。

法醫驗屍結果，徐可穎精神恍惚的原因是因為吸食了大量海洛因。

蘇方琪想從徐文鳳那邊知道，徐可穎接觸的對象，以及實際的經濟狀況。

她跟周政都不認為，流離街頭的少女會有錢買大量海洛因。

但她上門詢問的時候，徐文鳳對此卻忌諱很深。

徐文鳳不僅不願意多談，還認為徐可穎的死，是因緣果報的關係。

只有徐可穎死了才不會繼續造孽，才能跟著真尊修道。徐文鳳沒有向卡車司機求償，在對方來靈堂祭拜時，只有避不見面，沒有更多的追究，最後也以和解收場。

蘇方琪試圖展開對話。

「當天徐可穎是為了什麼事情回家？」

「她只是回來拿錢。」

「她如果沒有錢，不可能持有大量海洛因，對吧？」

「如果她願意聽老師的話，願意去道場，就不會學壞，就不會死……」

「她死了是事實，但妳都不想知道原因嗎？」

「我早就知道原因是什麼。」

「是什麼？」

「那是她累世的業報。」

蘇方琪得不到任何答案，她不知道怎麼跟徐文鳳溝通。

或許冥冥之中一切都有命運，都有脈絡，但若把一切全推給因果，是不負責任的說法，放棄了身為人的思考與抉擇能力。

蘇方琪失望的離開徐文鳳的家。

她原先以為徐文鳳的喪女之痛仍然刻骨銘心，卻沒想到徐文鳳只是偏執地認為女兒有錯。

此時，李依珊忽然約蘇方琪到道場聊聊。

道場在大家的幫忙下，很快重建完成，重新裝潢之後煥然一新，連隔間都重做。大家熱熱鬧鬧地煮了一頓飯，說是慶祝道場入厝。

向安婕帶著真尊之子回來，所有人跪下膜拜，真尊之子明顯萎靡許多，即使回到這裡，也還是恍恍惚惚。

他身上有很多傷痕，蘇方琪看得出來，那是癲癇發作之後撞傷的痕跡，也有很多咬痕，看來他在外面的環境已經忍耐到極限了。

但這也讓蘇方琪開始思考，除了這次以外，這個孩子到底有沒有離開過這裡？他沒有接受教育，也沒有獲得醫療資源，他有的只有把他奉做神祇的信徒。

向安婕可以為他打造這樣虛假的世界到什麼時候？

當天晚上，入厝結束之後，李依珊把她找到道場內的房間。

蘇方琪本來以為李依珊要向她索取更多高風險家庭的資料，卻沒想到李依珊開門見山，認為她不該向徐文鳳深究徐可穎的死因。

「妳做的事情會觸怒真尊。」李依珊皺眉地說。

「是真尊帶走他們嗎？」蘇方琪的用詞很小心。

「真尊是在拯救他們作惡的靈魂。」

「剝奪他們活著的權利，我不認為是一種拯救。」

「妳為什麼要找徐文鳳問這些事情？」

「難道妳們都沒有人懷疑嗎？道場裡死了這麼多小孩。」

「每個來到這裡的母親，都日夜擔心自己的孩子早晚死在外面，真尊只是應驗此事而已。」

「我不懂，妳們害怕這件事，卻又期待它發生？」

「真尊不一樣。」

李依珊搖頭。「我跟妳說過很多次，如果孩子不肯接近道場，只是繼續締結惡緣而已，我們做母親的都要負責任。」

「但死了又能得到什麼？真尊帶他們來見妳們，但那是他們嗎？那是鬼！」蘇方琪終於忍不住脫口而出。

「那是我們的靈，我們的本性。只要他們跟著真尊好好修道，就能明瞭一切，恢復清明。」

蘇方琪啞口無言。即使這些母親是突破口，她卻也無法撼動她們的信仰。

「這件事我會跟向老師報告，妳這幾天先回家休息吧。」李依珊轉身要走。

蘇方琪大驚失色，不！這樣會打草驚蛇，一但她被驅逐離開道場，就再也無能為力。她現在只能選擇孤注一執！

「妳聽我說。」蘇方琪看向緊閉的門，她乾脆豁出去，壓低聲音。「我在向老師的房間內看到很多保險單，是不是她逼妳們簽的？」

李依珊的臉色大變。

「保險單？」

「對，知不知道妳簽過什麼，阿國死後，保險金妳也供奉給真尊了對不對？不，是供奉給向安婕對吧！」

「妳怎麼會知道這件事？」

「那不重要。」蘇方琪又把聲音壓得更低，「道場裡死了這麼多的孩子，保險單都在向安婕手上，難道這只是巧合嗎？」

「這不是巧合……」

李依珊有點恍惚，神情不太對勁。

「我想知道，這些孩子死之前，有沒有什麼疑點？或者，向安婕有沒有向他們做過什麼事情？」蘇方琪趕緊追問。

「沒有。」李依珊再度搖頭。

「真的沒有嗎？妳仔細想想看。」蘇方琪覺得自己快要接近核心了。

「我剛剛說過了吧，我們做母親的要負責任。」

李依珊不斷低語同一句話。

「我知道，但他們被向安婕殺死，難道我們就視若無睹？」蘇方琪把手放到李依珊肩膀上，試圖給予支持。

李依珊低下頭，還是不斷搖頭。「向老師沒有做過這些事情。」

蘇方琪深深呼吸，她要怎麼做才能讓李依珊相信自己？

保險單？許益路升官的秘密？許益姍名下的房產？

「妳們從來沒懷疑過她嗎……」

「因為不是向老師做的。」李依珊抬頭看她。

她的眼神灼亮，卻讓蘇方琪發寒。

李依珊開口：「是我們做的。我們身為母親，有責任負責。」

蘇方琪不敢置信。「所以妳們把孩子殺了？」

「我們是讓他們到真尊身邊修行！」

「妳們瘋了！」

蘇方琪驚愕萬分，她沒有想到這才是真相。向安婕給了她們方向，而親手執行的人，卻是這些孩子的母親。

「妳以後會懂的。」李依珊憐憫地看她。

蘇方琪察覺不對，她轉身想走，卻發現房間已經被鎖住。

「妳們想幹麼？」

「妳知道太多事情，不能讓妳離開，會危害到向老師的安全。」

「妳們都是殺人兇手！」

「妳想要哪一種死法呢？藥物過量、車禍、墜樓、還是心肌梗塞？」

李依珊慢慢接近她，蘇方琪驚恐地後退，卻忽然發現身後有人，她猛地轉身，是向安婕。

接著蘇方琪猝不及防的被李依珊拿繩子套住脖子，往反方向拖，她反射性想掙扎，卻看見向安婕伸出一根手指，輕輕點在她眉心下方、鼻梁骨中間的區域。

向安婕平靜的開口：「讓她回去吧。」

「什麼？」李依珊大驚失色。「老師！」

向安婕對蘇方琪微笑，「真尊說到做到，祂把妳的女兒找回來了，她現在就在家裡等妳。」

蘇方琪瞪大眼睛，拉下脖子上的繩索，咳了幾聲。她看了看李依珊，又看了看向安婕，向安婕坦然讓開房門口，蘇方琪咬牙，衝了出去。

她現在就在家裡等你。

蘇方琪耳邊迴盪著這句話。

蘇方琪衝回家，她顫抖著打開大門，室內毫無聲息，她癱坐在沙發上，心跳遲遲無法平復，她這才知道，她有多在意向安婕說的話。

向安婕說女兒在家，但這怎麼可能？

曉真已經好久沒有回家，她連曉真的電話號碼都沒有，根本不知道人在哪裡，但就為了一句虛假的謊言，她急得連鞋子都掉了。

她看著自己踩過馬路礫石，被割傷的腳，透過絲襪滲出點點血跡。

她摀住臉，哀哀的哭泣起來，她心裡的那塊肉，她疼得不知道該如何是好，她充滿懊悔，又充滿仇恨，為什麼是她？

為什麼她得遭受這一切，她懷著對未來美好的想望，誕下的生命，難道真的是向安婕所說的惡緣？

在這一刻，她不自覺的怨恨了起來。

忽然間東西墜地的聲音引起她的注意，曉真的房間？

不，不是曉真的房間，她緩緩走向主臥室，打開了自己的房間，卻發現曉真僵直了身體，站在梳妝台旁，注視著她，親生女兒的手上拿著金飾，是剛出生的時候，家裡的長輩給的。

曉真倉皇的表情表露無遺，她把金飾的袋子往自己口袋一塞。

「幹麼，我拿我的東西不行嗎？」

蘇方琪頓時說不出話來。她的怒火翻騰而起，她這麼多年沒有見到的女兒，回來只為了偷自己的東西？那些金飾是長輩給的沒錯，但整個袋子裡，還有蘇方琪自己的嫁妝跟這些年買的珠寶。

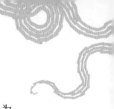

「不用跟她講這麼多啦。反正死了還不是都妳的。」旁邊的男生拉了曉真的手，就想往外走。

蘇方琪這才發現，旁邊椅子上還坐著一名流氓模樣的男人，對方身上全是刺青，前額留著很長的瀏海，邋遢地穿著破舊的牛仔褲跟 T-shirt。

「妳沒有什麼話想講嗎？」蘇方琪緊緊握住手心。「妳失蹤這麼多年，都去了哪裡？」

「沒去哪啊。」曉真不耐煩的看向他處。「妳可不可以不要問這麼多。」

「我問這麼多？我們多久沒見了。」

「那很重要嗎？我要走了。」

蘇方琪幾乎怒吼，她不知道該怎麼辦，向安婕說的竟是對的，但她才剛看見女兒，她卻又要走了。

但她拚命壓抑怒火，如果這次又讓曉真離開，她不知道什麼時候還可以再見到她，而且下一次——慈母真尊還會幫她嗎？

「對不起，對，我說對不起。妳聽我說。」蘇方琪深呼吸。

曉真更戒備的看著她了：「妳想幹麼？」

「不用管她啦。」流氓般的男人拉著曉真又要往外走。

「等一下！」蘇方琪大喊。可能是她幾乎哽咽的聲音，讓女兒終於停下步伐。「妳難得回來，吃個飯好不好？」她近乎哀求。

曉真皺眉。「沒這個必要吧？」她知道母親一直在尋找自己，但她們多次有著極大的衝突，蘇方琪自己是社工師，卻總是自以為是的想解析家人，她從國中開始就受不了母親的行為，更痛恨母親介入自己的生活。

她原本離家之後，就不想再回來，要不是因為最近弄丟了一批「貨」，她也不會想回到這裡偷東西。

蘇方琪看得出來女兒的勉強，「妳剛拿的那些金飾，其實賣不了多少錢。」蘇方琪穩住心神，她現在最重要的事情，就是把女兒留下來。「妳缺多少，我給妳吧，你爸這幾天去外地拍片，不會回來，家裡只有我們兩個。」

蘇方琪殷切的看著女兒。

曉真似乎……慢慢動搖了？

這在過去蘇方琪與曉真的相處中，幾乎沒有發生過，不管蘇方琪怎麼哀求，曉真總是頭也不回地離去。

「……吃個飯是可以。」

「妳搞什麼啊？不是說回來拿個東西而已。」她身旁的男子不悅的皺眉。

「先生，我沒有想對你怎樣，但你可不可以先離開我家，讓我跟我女兒相處。」蘇方琪試圖溫和的勸對方離開，她怕自己的態度又激怒曉真。「還是你要一起留下來吃飯？」她甚至這麼說。

「你先回去吧，我再去找你們。」曉真看向那名男子。

「咕。」男子不屑的樣子表露無遺。「今天沒錢去拿貨，妳也不用來找我了。」

男子說完這些，直接往外走。

曉真有些猶豫，她想跟上，卻停住腳步，她低頭看見母親的手牢牢地拉著自己，她想起最近的惡夢，打了個冷顫。

這陣子以來，她只要一睡著，就會做惡夢。

夢裡總是有很多鬼魂伸手扒向她，她必須一直逃、一直逃，尋找出路。但不管她多麼努力想記清楚自己走過的路線，她還是一直被困在學校裡，不管是國小、國中，或者是她不認識的地方，只知道是學校而已。

每間教室的學生、老師，乍看之下是正常人，他們如常上課、交談、嬉鬧。但在她求助時，轉眼又變成惡鬼。

最後，當她筋疲力盡時，她才會滿身大汗地逃到一處光亮的地方，好像那個地方一直在那裡，但必須等到她放盡力氣，才能看見。

那個光亮的地方是她的房間，裡面有蘇方琪，媽媽總是蜷曲在她的床上，偶爾熟睡，偶爾瞪著眼睛發愣。她會在外頭不斷拍門跟窗戶，但蘇方琪永遠聽不見她的聲音，直到身後的惡鬼追來，接著她就會嚇醒。

她今天會想回來，除了沒錢，也不全然只是為了偷東西，而是她想知道，為什麼她會一直夢見這裡？這裡又有什麼可以保護自己？

「好吧。我可以待幾天。」

曉真看著自己房間微開的房門，可以看見裡面日常依舊，如同她多年前離開的時候，她有點想念她的房間，她不想再被惡夢侵擾。

「好。妳想吃什麼，媽媽去買。不，妳直接說，我們叫外送！」

蘇方琪深深地恐懼女兒再次從眼前消失，只想抓住女兒存在的每一分、每一秒。

「隨便吧。」

「隨便？」蘇方琪困惑，但她看見女兒不悅的眼神，又立刻改口。「那我現在叫，吃麵吧？吃麵好了，妳小時候最喜歡吃麵了。」

曉真不置可否的點頭，轉身越過蘇方琪，走回自己房間。

她再次走進那扇門，蘇方琪幾乎不敢置信，那個小小的身影能夠與現在的女兒模樣重疊，再次回到這個家。

曉真關上了門，緊緊關著，沒有絲毫向蘇方琪敞開的意思。

但蘇方琪卻終於蹲下來，甚至哭了起來，向安婕說的是真的。

曉真回來了。

但向安婕是不是也能夠讓曉真再度離開？

或者這只是鏡花水月，是向安婕給予她的憐憫抑或者是殘酷。

蘇方琪渾身劇烈的顫抖著，甚至感覺到過度緊張引起的反胃感，她衝向流理臺，忍不住開始嘔吐，在她嘔吐的過程中，她還緊緊抓著手機，試圖點店家外送，好叫炒麵到家裡來。

她的嘔吐物流洩進水槽，胃酸噴濺在手機上，她趕緊抹去，她不能讓任何東西來阻止她與女兒相聚。

重金屬音樂在屋內迴盪，屋內的少年、少女恣意舞動著肢體，燈光昏暗，他們嘴上全都叼著菸，還有酒杯，四處都是菸霧跟毒品的味道，地上散落著打破的餐具跟翻倒的酒瓶，酒精沾染著沙發，他們甚至塗抹在牆壁上，像是噴灑而上的鮮血。

鄰居在門外砰砰砰大聲敲著門，但屋內沒有人要理會。

所有人的世界都在天旋地轉，他們沉浸在毒品、菸、酒的快樂中，音樂越放越大聲，他們也離這個世界越來越遙遠。

從來沒有人問過他們為什麼活著？但即使問了他們也不知道答案。

他們墮落，所以存在，這是他們唯一知道的事情。

鄰居找來管理員，繼續敲門，卻仍然得不到任何回應。

他們打算報警，現在雖然仍然是白天，但巨大的聲響跟隨意重摔的噪音，已經引起鄰近住戶的不悅，加上從門縫底下飄散出的味道，在在都讓鄰居們警鈴大響。

此時蘇方琪從電梯內加快步伐出來，她看見一群人在家門前，連忙鞠躬道歉。

「對不起，是我女兒帶朋友回來，我現在就叫他們安靜一點！」

蘇方琪不斷道歉，被社區總幹事皺眉的目光看得羞愧不已。

其他鄰居指指點點，「妳女兒不是死了，怎麼又回來？」

蘇方琪漲紅臉，啞口無言。

「對不起，我現在就進去叫他們安靜。」

蘇方琪背抵著門，全是冷汗，她竟然不敢在鄰居面前打開自己家的門，她害怕被鄰居看見屋內的景況，更害怕自己會看見無法預料的畫面，她臉上陪笑，不斷鞠躬，鄰居知趣，終於散去。

只有總幹事留到最後。

「大家都是鄰居，我也不想報警，但這個味道不對，妳要注意一下。」

中年的總幹事，對著蘇方琪的臉，傲慢地說著，神色鄙夷。

蘇方琪完全說不出話來，她身為社工，又怎麼會不知道，整條走廊都瀰漫著K菸的味道，她唯唯諾諾的稱是，親眼看著總幹事進入電梯之後，才敢小心翼翼的插入鑰匙、打開門鎖。

果不其然，屋內一片狼籍，所有人都像中邪般的魔靈，在屋內搖晃。

他們以為自己在世界的盡頭旋轉，其實他們只是漫無目的的在屋內行走，他們以為自己脫離星球的引力，其實他們仍然找不到活著的意義。

蘇方琪氣急敗壞，還來不及找到曉真問罪，就看見自己的女兒衣衫不整的躺在沙發上，還有蘇方琪不認識的男人在她身上挺動。

蘇方琪完全不敢置信，她氣到全身發抖，她用力拉開那個男人，又踢又踹，幾乎目眥欲裂，她甚至撲上去咬，咬出一塊血來，男人回過神來的吼叫聲，終於把所有人拉回現實。

蘇方琪舉起流理台上的刀，揮舞著要大家出去，大家這才被喚回人世，掃興的拿起背包各自離開。

躺在沙發上的曉真雙眼迷離，看著眼前母親的疊影，痴痴的笑著。

她說：「媽，我怎麼又夢到妳？」

蘇方琪蹲在地上，不斷哭泣，她能怎麼辦？

那天之後，蘇方琪幾乎寸步不離，她知道曉真吸毒，但她也不敢報警，她只能守著女兒，看女兒沉迷在毒品裡，在遙遠的世界。

偶爾曉真會醒來，偶爾會出去，蘇方琪總是很恐懼女兒再也不回來，但不知道是否因為丈夫到南部去拍片的關係，曉真這幾天即使夜不歸營，也會在清晨之際回到這個家。

幾天之後，晚上的飯桌，蘇方琪鼓起勇氣，「曉真，我們把那個戒了好不好？」

曉真又對她笑，「那個？妳說這個嗎？」

曉真從口袋掏出膠囊，就丟進嘴裡，配著肉一起吃下去，蘇方琪竟無話可說。

她的眼淚落在飯裡，曉真反而安慰她。

「不要哭，妳不是說，所有問題都可以被解決嗎？」

蘇方琪看著曉真的臉，是，她念諮商，身為社工，她從以前就告訴曉真，任何問題都可以被解決，沒有過不去的坎，沒有不會被接住的人。

「但妳怎麼沒有告訴我，爸爸外遇了為什麼裝作不知道？」

曉真傻傻地對她笑，起身飄飄忽忽地回去，哼起兒時的兒歌，曉真的歌聲很好聽，流淌在這個空間裡，像是夢囈，又像是隨口哼唱。

蘇方琪整個人都傻了，曉真知道這件事？

她一直以為這是她藏在心底的秘密，但曉真怎麼會知道？

她為了面子、為了女兒，忍耐著丈夫的外遇，說服自己那只是突發事件，只是丈夫一時的肉體出軌，就像是吃了不該吃的東西，只要拉完肚子就沒事了，但為什麼曉真會知道。

「他外遇的對象是我同學的媽媽啊。」曉真躺在床上，看著天花板會發出螢光的貼紙星星。藥效開始發作，天旋地轉，就像是真正的星星，那些是爸爸以前替她貼上去的夜空。

「學校的同學說我的爸爸是小王，說我是小王的女兒。」

曉真笑著，彷彿一切都過去了。

蘇方琪終於知道，為什麼女兒從國中開始，就不願意去學校上課，而身為社工的自己，卻只是不斷地想輔導女兒，想讓女兒「變好」、「變正常」，但最不正常的其實是自己，壓抑著所有情緒的其實是自己。

她沒有告訴曉真，爸爸做錯事了，女兒為什麼要受苦。

「曉真，我跟妳爸離婚，妳不要這樣，我們搬家，我們搬家好不好？」

蘇方琪急切地開口。

曉真對她搖頭。「不行喔。妳不是想要完整的家嗎？」

「什麼意思？」蘇方琪心臟緊縮。

曉真摸著自己的肚子，輕輕撫摸，像是有什麼珍貴的東西。

「這裡，有新的生命，我也要做媽媽了。」

曉真掏出更多的藥丸，往嘴裡倒。

「等她出生，我也要告訴她，為了她，我可以回到我最討厭的家，忍受我最不想看到的人。」

蘇方琪坐倒在地，幾乎崩潰。

她腦海中響起向安婕的聲音，如雷鳴，重重打在她的腦袋。

諸世一切，皆是因緣果報，你不斬斷惡緣，業力只會繼續滋長，繁衍出更多罪行，你的子女不到真尊底下修行，將會繼續為惡。

她結下更多惡緣，全是妳做母親的不夠盡責。

蘇方琪發狂似的尖叫。

在她的尖叫聲中，曉真仍然痴痴地笑著。

蘇方琪終於知道，這才是地獄。

六、地獄裡的決定

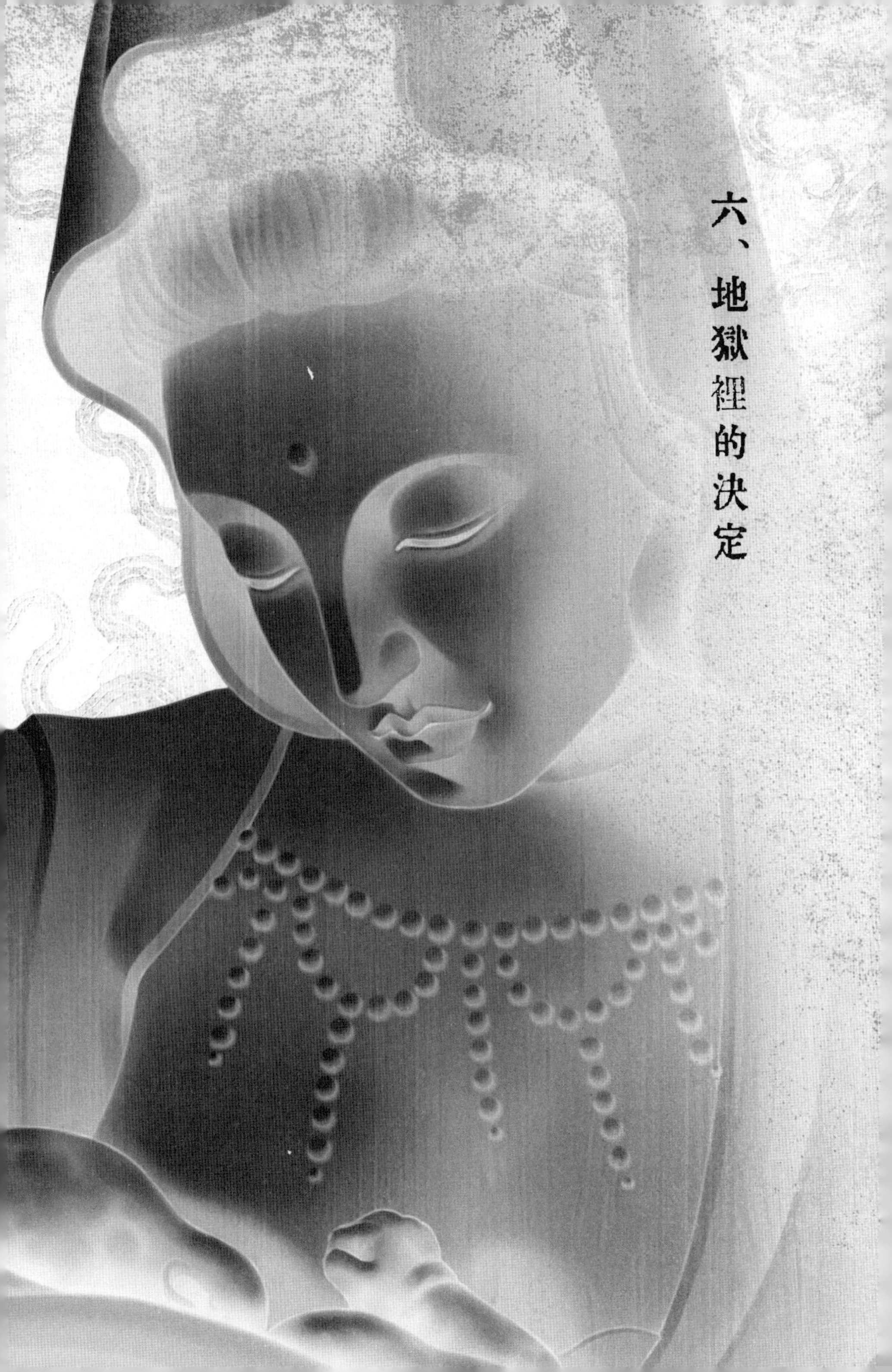

蘇方琪起先還抱著一絲期待。如果曉真知道自己腹中孕育著新的生命，是不是代表著有新的重生可能？

人家說為母則強，至少曉真可以回到正軌，蘇方琪沒想過這麼早要做阿嬤，但她絕對願意接住曉真，不管曉真做什麼決定，她都可以全力支持。

她身為社工，不會覺得墮胎必然是錯的事情，在母親本人還沒有辦法照料新生命的時候，以母親的福祉為優先，放棄孕育下一代，繼續往前走，也是可被接受的選擇。

但曉真絲毫沒有身為母親的自覺。

她做了很多不對的事情，即使蘇方琪勸阻，她也只覺得有什麼不行？

她照常吸菸、喝酒，將精神科的藥物混雜在一起吃，那是他們最輕易可以得到放鬆與逃避的時刻。

蘇方琪盡力的想讓曉真維持三餐正常、養分充足，甚至不斷地想找機會跟她深談，想知道她內心真正的想法，曉真卻全數拒絕這些靠近，她明顯地表示出，這些靠近對她來說，都只是一種迫害，她只想用沒有明天的方式度過每一天。

她向蘇方琪宣告，她認為她受到的痛苦比蘇方琪所想的還要更加巨大，蘇方琪只想粉飾太平，維持自己的面子跟職業專業，卻從來沒有考慮過她的心情。

所以她把這些痛苦加諸給下一代，沒有任何的錯。

因為她也是被害者啊。

蘇方琪完全拿她沒有辦法，只能一心寄望丈夫來改變這一切。

卻沒想到丈夫知道曉真回來了，竟選擇逃避，他藉口拍片，滯留南部，不肯回家，

他說，過了這麼多年，他不知道怎麼看待這個女兒。

他說，他不想說難聽話，以免曉真又離家而去。

他說、他說，全都是他說。

蘇方琪只能概括承受，她逼迫不了任何人，她只能看著曉真肚子裡的新生命，在還沒來到這個世界上，就開始承接來自母親的原罪跟有毒的一切。

不管是物質還是心靈，全都有毒，曉真完全不在乎這個孩子。

就像是完全沒有情緒般，連蘇方琪也不能理解，那曉真要生下孩子的原因是什麼？

日子一天一天過去，已經過了可以墮胎的期限，蘇方琪的焦慮卻逐漸增加，曉真過了前期的不舒服，又開始頻繁的出去玩，不管是騎車跑山，還是喝酒唱歌通宵，她全都

不在意，她身材瘦，因為沒有好好吃飯，連肚子也看不出來。

曉真這樣漫不經心的對待新生命，讓蘇方琪如同壓力鍋，內在的焦慮逐漸昇高。

就在這時候，李依珊來了。

李依珊來的那天，曉真在家裡，因為昨天又熬夜出去玩，所以大白天就在她的房間睡覺。

蘇方琪原先很擔心，如果曉真出來看見李依珊，聽見李依珊又說那些惡緣果報什麼的，會整個爆炸，但曉真卻悄無聲息，完全沒有踏出房門。

或許她昨晚很累，睡得很沉吧？

「這樣下去也不是辦法吧。」李依珊的話讓蘇方琪回神。

李依珊坐下到現在，只說了這樣簡短的一句話，但她的眼神透露出同情與憐憫。

蘇方琪下意識就想否認，但她想到向安婕最後向她說的那句話，要不是向安婕提示她曉真在家，恐怕她們母女還要繼續永不相見。

現在這個樣子，雖然她茫然無措，也不知道下一步在哪裡，連可以商量的人都沒有，但至少曉真在家。

至少女兒在她身邊。

「我知道。」蘇方琪最終對著李依珊點頭，算是默認。「但我也改變不了什麼。」

「我們都改變不了什麼。」

這次換蘇方琪從李依珊眼裡看見脆弱。

李依珊喝了桌上的茶，把一個小木盒推給蘇方琪。

「向老師託我送來這個。」

蘇方琪的指尖開始顫抖，她本能地對這個小木盒感到恐懼。

「妳有幫女兒保保險吧？」李依珊拿著茶杯，低聲說話：「要加保比較麻煩，但也不是沒有管道，老師查過妳的資料，她說沒有問題。」

蘇方琪打從心底的感到寒冷。

「不可能。」

她把小木盒往後推，想還給李依珊，但因為用力過猛，整個小盒子掉到地上，盒蓋與盒子分離，露出裡頭白色的粉末。

「她怎麼以為我會跟妳們一樣？」

「這樣下去能怎麼樣？不就是增加更多的罪孽。」

「誰說會是罪孽，只要活著一切都有改變的可能！」

「妳這是在欺騙自己。」

李依珊的嘆息讓蘇方琪更加恐懼。

「不管妳怎麼說，我都不可能做這種事情，妳叫她別想，出去，離開我家！」

蘇方琪壓低聲音中的歇斯底里，她還是怕吵醒曉真。

屆時，她不知道怎麼跟女兒解釋，她加入了一個會殺人的宗教團體！

李依珊看見蘇方琪抗拒的模樣，最終沒有多說，她放下茶杯起身，沒有撿起地上的盒子。

「那就把這個當成向老師送妳女兒的禮物吧，至少她不用再偷東西去買了。」

李依珊自顧自的走了，蘇方琪渾身發冷，她想著最後李依珊的話，她衝進自己房間的廁所，把天花板裡藏著的紙盒拿下來，她恍惚的打開，不敢相信自己的眼睛，因為裡頭空無一物。

蘇方琪的母親喜歡收藏玉，看見有眼緣的玉，就會買下來，這些玉飾的價錢都不高，只是零散的收藏而已。

後來還是蘇方琪的父親，聽說從朋友那邊收了一套名家雕刻的玉飾，耳環、項鍊、戒指，剛好一整套，送給自己的太太。

現在雖然樣式老舊，已經沒有名家頭銜可以放大價錢，但玉的質地還算是不錯，稍微值一點錢。

但現在，紙盒裡空無一物。

蘇方琪其他的珠寶跟黃金，都放在房間，上次早就被曉真拿走，她不在乎那些東西，反正對她來說，全都是身外之物，但這副玉飾不一樣，她連拿出來都怕磕碰到了有損傷……

蘇方琪默默的蹲下來，抱著空紙盒，在馬桶旁邊痛哭。

她的哭聲迴盪在浴室裡，像是無助的求救。

曉真在外面走動的聲音傳來，曉真醒來了！

蘇方琪趕緊衝出去，她心裡還是有氣，她想質問女兒，為什麼連這套玉飾都拿走？

但曉真已經穿衣打扮好了準備出門，她穿著露肚臍的短上衣，鬚邊的極短牛仔褲，腳踩馬靴，揹著珠鍊包即將跨出大門。

「曉真，這個不能動啊，妳拿去哪了……」

曉真回頭，看見蘇方琪哀悽的抱著那個紙盒，就知道自己偷玉飾的事情曝光。

她聳聳肩。「留著也沒有用，我缺錢就賣了。」

「妳缺什麼錢？妳住家裡，有什麼需要妳跟我說啊！」

蘇方琪的火氣逐漸壓不住。

「有什麼需要跟妳說？」

曉真似笑非笑的臉，塗抹得光鮮亮麗、細秀的眉毛，挑釁地看著她。

「真的想知道？」

「妳說啊。」

「安非他命啊、搖頭丸啊，出去玩身上不能沒有一點藥，不然怎麼嗨？」

「……」蘇方琪如墜冰窖，什麼話都說不出來。

她再次回神，耳邊是女兒摔上大門的聲音，以及空蕩蕩的客廳。

她的視線忍不住放回到剛剛打翻在餐桌底下的白色粉末塑膠袋。

把這個當成向老師送妳女兒的禮物吧。

曉真臨走前說的話，不斷迴盪在蘇方琪腦海裡，所以曉真還在吸毒？吸毒會失去整個人生，那她以後怎麼帶小孩，怎麼教育自己的孩子？她有打算要給這個小孩愛嗎？

所有的壓力達到頂點，蘇方琪沒辦法再視若無睹了，她迫切的想要跟曉真談所有以後未來的事情，即使她曾經忽略女兒的痛苦，但也不能讓事態繼續失控下去。

蘇方琪整個晚上都不停的打電話，電話不斷地響，卻又沒有人接。

曉真不可能不看手機，她是手機重度使用者，但曉真就是不肯接她電話，這像是一種漫長的凌遲，蘇方琪越發偏執的打電話，幾乎沒有停下來的瞬間，到最後連她自己都不知道她到底打了幾通。

或許一百、兩百，或許不止。

蘇方琪察覺自己已經接近躁鬱，但她停不下來。她需要用這樣不斷的行動，來抑制自己不去想李依珊的話，但她越不願意去想，那些恐怖的念頭就越糾纏著她。

如果曉真死了這些事情就會結束了。

向安婕老是在課堂上所說，這些不懂事的孩子，像是病毒，不斷地分裂、複製，以滋生罪孽，將更多的惡散播的到處都是，衍生更大的罪孽，永無止盡的得不到安寧。

蘇方琪不願意去同意這個論點。

但這個時候，曉真肚子裡還有新生命，而母體的惡就透過胎盤，持續的汙染著小孩，曉真屆時如果把孩子帶走，又會是用什麼樣的方式對待下一代？

曉真只會複製自己的怨恨跟痛苦在孩子身上，而這樣的模式會不斷傳染，沒有終點，不斷循環。

而現在自己——是唯一可以阻止這件事情發生的人。

蘇方琪渾身戰慄。她越發害怕這樣的念頭，就越發無法擺脫。

她只能持續撥打電話，終於，在深夜的時候，電話被接起來了。

「喂！」

接起電話的卻是男聲。

蘇方琪微愣，趕緊詢問對方。「不好意思，這是我女兒的手機。」

「妳女兒喔。」對方傳來訕笑聲。蘇方琪心裡一驚，「她還好嗎！你怎麼接她的電話？」

「她現在很好啊。」對方的惡意透過笑聲擴大。「她正嗨啊。」

「你說什麼？你把電話拿給她！」

「不好吧，她現在沒辦法接電話啊這位太太。」

「你拿給她就對了！」蘇方琪執拗著命令話筒另一端的男人。

「就說了不能接，妳是聽不懂人話喔！」

「我不管，你把電話拿給她！」

「哎呀，真的是拿妳這種老太婆沒辦法……」

蘇方琪的手機忽然震動，她打開一看，是對方要求開啟鏡頭的訊息，她顫抖著手按下了同意，在她腦袋還來不及回神的時候，就看見了女兒躺在床上，旁邊圍繞了兩、三個男人。

床上的女兒已經陷入某種程度的神智不清，她衣著凌亂，陷入在棉被跟枕頭堆裡，在她上面跟身前的男人，分別用著不同的姿勢侵犯她。

她不是毫無感覺，而是無所謂的跟著浪潮般被捲走。

蘇方琪什麼都聽不見了。

電話的聲音越來越遠，世界變成真空。

她目光呆滯的看著螢幕，她的女兒，在用她無法理解的方式墮落，墮落到黑暗的泥水裡，連她都嫌髒的地方。

她耳邊已經聽不見對方那嘲諷的笑聲，說什麼就說了不要看，還硬要看，不過長得還不錯啊，母女丼也不是不可以之類的訕笑。

蘇方琪的手機摔落地面，她看也不看的一腳跨過，坐在沙發上。

她在客廳坐了一夜。

從深夜坐到清晨，天色從黑暗轉為光亮。

她終於鼓起勇氣，撿起地上的手機，打了通電話。

「是，不知道今天過來方不方便？希望是中午之前。」她緊握話筒。「沒問題，尺寸不用太大，大概十五公分就可以了，謝謝你喔。多少錢都沒關係。」

曉真回家時，已近傍晚，她浮誇且腫脹的妝容，顯示她昨晚的酗酒跟用藥過度，她搖搖晃晃的步伐，才短短幾步路，從家門到房間，就跌跌撞撞地踢倒了地上電風扇，也翻倒了桌上凌亂的雜誌與帳單。

蘇方琪完全沒有伸手扶她，冷眼看著這一切。

眼前的女兒充滿了惡臭，彷彿從泥濘中爬出來的惡鬼，又回到了自己的身邊，這個家中，她渾身帶著更多的錯誤，散發著對生母的怨恨，這一切都被扭曲成惡。

曉真也絲毫不在意母親等了自己一夜，她搖晃著進了房間，砰地關上門，蘇方琪等著裡面的聲音消失，她輕輕開了房門，曉真已經熟睡。

蘇方琪站在門前，居高臨下，遠遠的看著女兒。

終於，她再度關上門，掏出鑰匙，鎖上門鎖。

她平靜的去洗澡、拖地、煮飯，像是完全將門內的女兒清除於自己的人生以外，又或許這一刻，她才真正認知到，女兒已經不是人。而是惡鬼。

她做好了一切的家事，家事使她平靜下來。

她安靜的看書，喝茶。

日子很久沒這麼平靜。

她給丈夫發去訊息。要丈夫最近不要回家。丈夫沒有回覆，或許剛好順了他的心意，他也不想回家面對曉真。

他比她更早就把發現的女兒難堪，也更早的清除出他的人生，丟垃圾般地當這個女兒死了。

但蘇方琪知道自己不行，從自己身上掉下去的一塊肉，終究是自己。

傍晚，曉真的房間傳來吼叫聲，她開始砸門。

「妳發什麼神經？妳敢把我鎖在裡面！」曉真憤怒的大叫，砰砰砰的捶門。「快點幫我開門，我要尿尿！」

蘇方琪走過去，附耳在門邊。

「我在妳床邊放了水桶，妳可以尿在裡面。」

蘇方琪提議。不，從今天起，這是命令了。

「妳瘋了嗎？放我出去！」

「從現在開始，我不會再讓妳犯錯。」蘇方琪清清喉嚨，以宣告的方式發出她在這個家的正式聲明。

早就應該這麼做了對吧？

斷絕一切罪惡向外繁衍的機會。

「我要殺了妳！」

曉真發瘋似的大叫，又開始拚命捶門。

蘇方琪安靜的坐在門口，雙手抱住膝蓋，毫無反應。

在她的世界裡，事情終於回到正軌。

是啊，本來就不應該放任女兒獨自離家這麼多年，曉真應該恢復以前那樣乖巧的模樣，待在這個家裡，扮演好每個人該扮演的角色，她是好媽媽，而曉真也是好女兒。

她們之間沒有任何問題。

至少從現在開始沒有了。

今晚夜色再度降臨，曉真也慢慢地沒有力氣，癱軟在床上。

蘇方琪打開今天白天新安裝的小門板，送進了食物，透過小門也可以看見，女兒狼吞虎嚥的吃著。

小門僅有十五公分，在門片的最底下，還有一個金屬的門栓。

「尿怎麼辦？」

女兒坐在門後，母女背對背的說話。

「往樓下倒就好了。」

「屎也是嗎？」

「嗯。」

聽到母親肯定的回答，曉真發狂似的笑起來。

她們終於都瘋了。

都在名為母愛的折磨中，發瘋了。

＊＊＊

蘇方琪狠下心來，不僅不讓曉真出門，也趁她熟睡時拿走了手機，不讓她與任何朋友聯繫，連網路都直接切斷，以絕後患。

曉真一開始陷入詭異的沉默，只有在毒癮發作時，會發狂似的撞擊門片，那時候蘇方琪會死死守住門，拿一切能阻擋的東西擋住，甚至在曉真發作之後筋疲力盡時，找來鎖匠補強門鎖。

即使鎖匠露出困惑的神情，蘇方琪還是鎮定地微笑。

「家裡有病人，請你多體諒。」她說。

仰賴台灣人的好習慣，從不過問別人家的事，反正家醜不可外揚，既然對方不想說，那千萬別多管閒事，以免惹得一身腥。

現在這個年頭，誰家還沒有個精神病？

鎖好、鎖得好，千萬別放出來砍人，被砍死了還沒得求償，找誰哭都不知道。

鎖匠就這樣也客套地笑。「妳辛苦了。做媽媽的總是……」

「要擔心一輩子。」蘇方琪替對方接話下去。

兩人和和氣氣地道別，中途曉真還發狂地大叫，鎖匠看起來有點尷尬，裝作沒聽到，關上大門後也沒再打電話來多問。

曉真的毒癮時好時壞，偶爾只是躺在門邊，精神渙散地哭，蘇方琪會把手伸進去，讓曉真咬著。
隔著門，傳來錐心的刺痛，手上的血絲慢慢滲出，蘇方琪也不以為意。
在這個時候，她總是想起慈母真尊的樣子，她這時才明白，為什麼慈母真尊要手拿兵器懷抱嬰兒，因為她痛苦地悲憫著自己的孩子，也只能奉獻出自己的一切，從奶水到血水。
真尊的孩子，會永遠吸食著母親的血與奶，犯下綿延不絕的罪。
做母親的，只能拿著兵器，斬斷一切因緣。
偶爾曉真也會發狂，她用頭不斷撞門，大吼大叫，要蘇方琪放她出去，曉真說她恨蘇方琪，蘇方琪才是她人生痛苦的來源，她唯一的願望，就是要蘇方琪離她遠遠的，永遠不要再管她。
她們雖然是母女，但為什麼一定要永遠互相羈絆，她們不過就是一場性愛之後的產物，兩人的人生即使平行，也沒有任何遺憾。
她好與不好，根本不關蘇方琪的事情。
「我不是妳的所有物！」曉真大吼。
「妳是從我身上掉下來的一塊肉。」

「那又怎麼樣？我割還給妳啊，妳拿走啊！我連命都不要了，我要還妳什麼都可以！」曉真瘋狂嘶吼。

曉真是真的不明白，蘇方琪對她的這種執念是從什麼地方開始？

當她仍然符合母親的期待時，蘇方琪願意給予她一切，但從蘇方琪開始隱瞞爸爸外遇的事情，自己想要表現出對這件事的不認同，蘇方琪就會開始牴觸，彷彿自己只能按照蘇方琪的意志成長。

追根究柢，她今天會變成這樣，就只是想拚了命地脫離蘇方琪，她沒有非得要去的地方，非得要完成的事情，她對菸酒上癮也好，對性愛上癮也罷，她只是想脫離，想把蘇方琪從自己生命跟身體中澈底根除。

但蘇方琪不肯放手。

「妳放我走……」曉真躺在門內，哀哀地哭泣，蘇方琪伸進來的手，已經被她咬得肉離見骨。

「妳是我女兒，我不可能眼睜睜看妳墮落。」蘇方琪仍然堅定的回答。

她們母女之間的戰爭，就這樣瘋狂的互相傷害跟撻伐。

曉真的房間慢慢發出惡臭，鄰居也開始抗議外牆的屎尿，但蘇方琪一概不管，她執著地只想要女兒回到以前的模樣。

曉真肚子越來越大，嬰兒卻不曾產檢。

蘇方琪固執的認為，待在房間裡，才是對她們母體與胎兒最好的保護，外界充斥著汙染，曉真應該遠離一切現實。

曉真哀求、哭鬧、咆哮，對蘇方琪都沒有用，一扇家用木門，成為銅牆鐵壁，阻斷她的自由。

期間丈夫回來過一趟，發現家裡變成這樣，嚇得收拾行李就走，他壓根沒有勇氣踏入戰場。

要按照他的想法，早該讓這樣的女兒從自己的人生消失，他也不懂，自己的妻子是在執著什麼？

蘇方琪每天三餐，把固定的食物放進去，再把用完的餐盤收回來。

曉真有固定不吃的東西，比如青江菜跟紅蘿蔔，以前蘇方琪拿曉真沒有辦法，現在她隨心所欲，連續一週煮了紅蘿蔔大餐，曉真最後只能屈服，嘔吐著吃完。

蘇方琪感覺到勝利的快感。

但有天晚上，她剛把一鍋雞湯放進去，就聽見摔碎玻璃的聲音，她起先不以為意，認為曉真又在鬧，她站在門前，要女兒別再白費力氣，但沒有人回應她，只有房內呼嘯的風聲。

風聲？曉真房間的窗戶早已用矽利康封死，為什麼會有風聲？

她衝向房間，掏出鑰匙，快步打開房門，果然房內空無一人，只有不銹鋼鍋子砸碎後的破窗。

曉真逃出去了！

但這裡是十三樓啊！

蘇方琪探頭出去，竟然在夜色底下，看見披頭散髮的女兒，手腳並用的爬上外牆，逐漸向頂樓爬去。蘇方琪大叫。

「曉真！」

女兒沒有回頭，反而加快了速度，她骨瘦如柴，身上的衣服汙穢不堪，四肢纖細，只有肚子高高聳起，她往上爬，只差一步就到頂樓！

蘇方琪知道，頂樓的電梯可以直達一樓，屆時，她再也抓不回女兒！

她奔向樓梯間，等不及電梯，用最快的速度爬上去，她終於在頂樓的大門前一把攔住女兒。

母女扭打在一起，蘇方琪顧及著曉真肚子裡的胎兒，只能用盡力氣抱住女兒。曉真幾乎已經成魔，她撕咬、踹打，但她被關了好幾個月，肌肉跟運動能力都衰竭，最後被蘇方琪壓制在頂樓牆邊。

底下是十五層樓，永不復生。

「妳讓我死了吧。」曉真嘶啞著開口，臉上的淚水沖刷開臉龐的汙穢。「妳放過我，我也放過妳。」

蘇方琪搖頭。「不可能。」

「妳已經毀掉我了。」曉真的聲音因為這幾個月的狂吼，早已被摧毀。「我已經不是人了。妳看看我，妳到底做了什麼？」

「妳會好起來的！」

「不可能，永遠都不可能了……」

曉真哭得撕心裂肺。

蘇方琪的手一寸一寸鬆開，看著四肢纖細，卻捧著巨肚的女兒，蓬頭垢面、幾個月沒有洗澡，身上發出惡臭，連流浪漢都比她更體面，她眼睛失去一切光采，聲帶也不復從前。

蘇方琪慢慢後退，不敢相信自己做了什麼。

「媽媽會照顧妳啊。」

「我好累了。」曉真搖頭，不斷流淚：「我們已經失去機會，再也沒辦法靠近對方了。」

曉真模樣看似癲狂，卻清晰地流露出她的傷心。

「媽媽，放手吧，讓我走。此生我跟妳沒有關係，我過得好或不好，妳再也不用放在心上，我不是妳的責任，也不是妳的問題。」

蘇方琪不斷搖頭。

曉真的眼角看向底下車水馬龍。「那讓我死了吧，我把這條命還給妳，妳就不用再擔心了，我不會變成壞孩子，也不會再給妳丟臉。」

蘇方琪眼淚滑了下來。

她終於完全鬆開手，她還是做不到啊，她跟道場的那些媽媽們不一樣，她仍然捨不得。

曉真哭泣著想爬上牆，蘇方琪卻後退一步。

「活下去吧，我放妳走。」

陌路人就陌路人罷。

從此再也不相見，不知道妳我好不好，此生沒有緣分，血濃於水的親情只是幾年的時間。

就像茫茫人海中的陌生人，不認識也沒見過面。

蘇方琪坐倒在地，徹底放下對女兒的執著，曉真顫抖著雙腿，往頂樓的大門走去，母女擦身而過，但此時大門被打開，向安婕跟幾個媽媽依序走上頂樓。

向安婕低聲默念。

惡緣不除，罪孽不斷，今生不除，來世再現。

其他的母親也一一複誦，低低的誦經聲，開始迴盪在頂樓。

以向安婕為首，其他母親圍成圓圈，她們低聲念咒，嗡嗡的聲音開始匯集，像潮水一般湧向蘇方琪跟曉真。

曉真十分害怕，她根本不知道眼前這些身穿白衣藍裙的人是誰，更讓她不敢置信的是，整個頂樓開始湧現鬼影，鬼從地面爬上來，猙獰的撲向曉真。

這些鬼全是那些孩子！

他們有的七孔流血、有的腫脹蒼白，全是淒慘的死狀。

但此時蘇方琪已顧不得太多，她擋在曉真前面，阻止那些惡鬼前進，只是從未造成實體傷害的他們，此時卻撲咬、撕抓，彷彿化身為地獄使者。

曉真被推到牆邊，蘇方琪趕緊撲過去，推開幾隻惡鬼。

但還有一隻惡鬼，伏在曉真身上，緊緊掐住曉真的脖子，曉真幾乎窒息，臉色發青，她雙手無助的揮舞，被囚禁的這些日子，讓她失去了反抗的體力。

蘇方琪趕緊從後方拉開這隻惡鬼，但惡鬼還想往女兒身上撲，蘇方琪一時氣急，她拽著惡鬼就往頂樓外推。

蘇方琪大吼，「到底關你們什麼事，這是我的家，這是我的女兒，誰都不准說她永世不得超生，就算她身在地獄十八層，我也願意下地獄陪她！」

蘇方琪惡狠狠地瞪著頂樓外的那隻惡鬼，但那隻惡鬼卻緊緊抓住她的手：「媽媽……」

蘇方琪一下子打了個激靈，她瞪大眼睛，眼前被自己拽在頂樓外的人，竟是自己的女兒曉真，她趕緊往回拉，但曉真的手布滿汗水，曉真的眼淚滴滴答答地掉落。

曉真慢慢滑落，聽見蘇方琪說的話，她好像一下子失去了所有掙扎的力氣，媽媽永遠會陪伴著她，這像是詛咒。

「媽……」曉真說。

「一切都過去了。當作我們從來不曾當過母女吧！」曉真主動鬆開手，墜入樓下車水馬龍，一聲劇烈的砰聲傳來。

蘇方琪坐倒在地，她抬頭，哪有什麼向安婕，哪有什麼鬼影？

她茫然的看著這一切，直到警察來。

警察把她帶回警局，蘇方琪不發一語，從頭到尾都沒說話，頂樓的監視器長年都是壞的，但有鄰居看見曉真從十三樓往上爬，底下的管理員也看見蘇方琪最後死死抓住曉真的樣子，沒有人認為是蘇方琪殺了自己女兒。

這件事情就被當成墜樓失足結案。

蘇方琪心灰意冷，是她害死女兒的，但是就連她自己也不知道，為什麼手上的惡鬼，會在一瞬間轉為女兒的臉。她到底是不是在一場深沉的夢境當中，永遠無法逃脫。

她的心碎成片片，心痛地說不出話來。

她回到家中，失神地坐在沙發上，一切的現實離她很遙遠，日出黃昏，她再也沒有感覺，連飢餓跟生理需求都全部消失，直到一股劇痛，將她拉回眼前的地獄。

啪！

丈夫在她臉上打了熱辣的一記耳光。

蘇方琪抬頭，微微偏著頭，眼裡有著瘋子般的渙散。

「我早就叫妳當她死了，你為什麼偏偏不聽！」丈夫怒吼，聲音貫徹耳膜，蘇方琪死寂的心開始震盪，逐漸感覺到憤怒。

「妳非要把她找回來，現在這樣有比較好嗎？親戚朋友都知道她懷著哪個臭男人的小孩跳樓了！」

蘇方琪慢慢張嘴：「你說什麼？」

「我說你們母女害我丟臉死了！」丈夫狂吼：「整棟樓都用什麼眼光看我？妳要我以後出去怎麼做人！」

蘇方琪的現實感慢慢落地，卻覺得荒謬又可笑，這就是她的一生嗎？她知道高風險孩子的家庭各有各的問題，父母也通常有著不堪的現實，不一定是貧窮、隔代教養等等標籤，反而有越來越多的「普通家庭」在面子底下，根本不願意重視孩子的教養。

「全都是妳不會教小孩！」

丈夫氣惱的坐在餐椅上，鬆開了脖子上的領帶，好像吼完這句之後，他就能夠名正言順的繼續過他的人生，他的一生被妻子與女兒拖累，他仍然是那個不得志的導演。

他仍然是個男人，只是不懂女人們之間的事情。
只是因為媽媽沒有扮演好媽媽的角色，才會導致家庭變成現在這樣。
「要是妳更多用點心就好了。」丈夫嘆氣。
蘇方琪起身。沒有任何辯駁。
她慢慢走進臥室，打開自己的電腦，她這十幾年來的困惑，終於有了解答，她會疲憊至此，無能為力，對曉真有著異常的偏執，全是因為她是母親，她被身為母親的枷鎖綑綁了。
身為母親卻教不好小孩的自責，導致了這一切。
這才是她的罪，跟曉真毫無關係。惡緣的確會不斷締結，但殺害絕對不能斬斷惡緣，只有真正的放下，才能讓枷鎖脫落。
要解開因果的方式只有放下兩字。
她看著印表機逐漸吐出數張紙張，她拿起一支筆鄭重簽下自己的名字，遞給丈夫。
「妳發瘋了嗎？」丈夫一臉不敢置信的模樣。
「我是瘋了。」蘇方琪苦笑。「我瘋太久了。才會害死我們的女兒。」
「那妳現在是什麼意思！」

「縫隙。」

「什麼東西？」丈夫嫌惡，壓根不想聽。蘇方琪很理解他的表情，他現在只想要蘇方琪把這幾張紙收回去，趕緊把女兒的喪禮辦了，不，最好不要有喪禮，直接火化，用最快的速度當作沒這回事。

「因為有縫隙，所以那些東西才有機可趁。」

「妳到底在講什麼？」

「離婚吧。世間一切因緣皆苦，放手才能結束。」

蘇方琪轉身走進房間，也不理會丈夫的怒氣。

離緣，離緣，講得真好，夫妻各自放手、母子各自分別，聚散離合，只有懂得離緣，才能各自安好。

外頭傳來巨大的甩門聲，丈夫又像往常一樣，以離開表達抗議。他不會輕易簽下離婚協議書，但他也絕不與蘇方琪溝通，他總想以怒氣跟冷戰，做為達到目的的手段。

他永遠是對的，他只要負責生氣與譴責就好了。

但蘇方琪這次已經完全不在乎了，她躺在床上，現實又逐漸遠去，手機鈴聲響起，她看了一眼，是周政。

周政應該知道新聞了吧，知道曉真「意外」死了吧。

現在她也成為了有疑點的案子，但全都已經跟她沒關係了，就算她搞清楚這一切到底是怎麼運作的，曉真也不會死而復生。

她已經鑄下大錯，更不會將曉真的魂魄交給慈母真尊，她絕不追求來生再相聚，她只想完成曉真的遺願。

就當作我們不曾當過母女吧。

這是曉真最深沉的願望，她應該早點知道。

蘇方琪的眼淚流下來，沾濕了枕頭，她痛恨自己對愛的自以為是，也怨恨自己為什麼以為自己能做得更多？

什麼都不要做，曉真就不會死了。

＊＊＊

蘇方琪渾渾噩噩的過了很久，連她自己都覺得行屍走肉，她絲毫沒有進食的慾望，衣服逐漸鬆垮，丈夫很久沒有回來，再回來的時候桌上放了離婚協議書，丈夫終究妥協了，畢竟這個家已經不成家，沒有什麼好作為遮掩他面子的用途了。

周政打了好幾通電話來，蘇方琪都沒有接，後來蘇方琪連手機都遺忘了，就再也聽不到外界聲音，她不知道，周政的家裡發生了巨大的變故。

周政的妻子蔡敏恩越來越虔誠，不僅在家裡設立了慈母真尊的佛堂，還常常夜不歸宿。

周政警局的工作很忙，一開始回家沒看到人，只以為蔡敏恩回了娘家，等到他看見房間裡的慈母真尊像時，才如遭雷擊。

他逼問蔡敏恩，為什麼會跟這個宗教扯上關係？

妻子不僅不肯說，還強硬的把女兒直接帶回娘家，夫妻形同分居。

周政去蔡敏恩的娘家試圖說服她，甚至把這一路上查到的線索，全都透露給走火入魔的妻子聽。

但蔡敏恩什麼都聽不進去，她甚至說出了很恐怖的話。

「我們的女兒生來就是要來討債的。」

周政簡直要崩潰，她的妻子在生產之前，是那麼的期盼新生命降落，為什麼現在會轉變成這種態度？

在產後的這段時間裡，到底發生了什麼事？

他試圖理解妻子。

「妳不要相信那些邪教說的話，有什麼困難，我們一起解決。」

妻子只是冷冷的看著他。「她哭的時候你在嗎？她咬破我奶頭都是血的時候你在嗎？她不肯喝奶，吐了我全身的時候。你什麼時候在？」

周政啞口無言。

「只有我能救她。」妻子信誓旦旦的說。

「妳要怎麼做……」周政疲憊的問。「是我的錯，我缺席了一段時間，但我不是故意的，妳回來，求求妳回來。」周政幾乎下跪。

但蔡敏恩用憐憫的眼神看著他。「你沒有辦法參透因果，你幫不上忙，只有老師才可以幫我們。」

「我是孩子的爸爸！」

「但我們需要你的時候，你都不在。」蔡敏恩毫不心軟。「所有人都可以對媽媽指手畫腳，帶孩子有一百種方法，唯有媽媽選的那個方法不對。我始終不懂為什麼，但我現在知道了，是因為我們孩子業障深重。」

「她才幾個月大……哪來的業障？」

「因緣是累世疊加而來。」蔡敏恩強硬地把女兒抱進去，她太用力了，女兒哇哇大哭。「你如果真的想幫什麼，就每天求慈母真尊吧，祂會帶著我們的女兒修行，即使不是這世，也是下一世、未來的每一世，我不是她的母親，我只是來與她了結這一段因緣。」

周政跪倒在地，大雨滂沱，妻子關上了門。

他唯一想到的辦法只有不停地打給蘇方琪，但蘇方琪不接電話，後來還關機，轉為語音信箱。

他想去道場攔阻妻子，但慈母真尊的道場不只一個，他闖入他與吳為昕曾經縱火的那個，試圖警告向安婕不准動他的家人，向安婕卻只是說著跟蔡敏恩同樣的廢話。

「因緣果報，累積所加。」

「拜託妳，放過她們，妳要錢是吧？要多少，我給你！」

「錢不能解決業力。」

「還是你要證據？我全都給妳，我發誓，我再也不查妳！」

「你查到的只是俗世，你又怎麼會懂真尊的選擇。」

周政瘋得在公寓門前大吼大叫。

「妳敢動我女兒，我絕對會讓妳下地獄！」

「現在身在地獄的人，是你自己。」向安婕憐憫的眼神中帶著森然的冷意。

周政想撲向她，卻被婦女信徒們拉扯住，最後報警進了警局，鬧到自己局裡也知道，差點被停職。

更可怕的是，蔡敏恩知道這件事之後，還打來威脅周政，如果再來汙穢道場清淨、破壞真尊安寧，就會把他們的孩子殺死。

「反正她之後也只會毀了我們的人生而已。」

妻子說這話的時候，聲音裡的森冷讓周政膽寒不已。

最後他只能不顧一切的調出蘇方琪的戶籍地址，這是他唯一能做的事情。

他來到蘇方琪家外面，偷偷跟著別人上樓，等待很久，才等到跟蘇方琪同一樓層的住戶。他被投以異樣眼光，隨時都有可能被保全趕出去，但他沒有別的辦法，只能不斷道歉，假裝自己忘記帶鑰匙，終於他找到了蘇方琪的家，他在門外不斷按著門鈴。

他從未有任何信仰，包括現在，他更痛恨宗教，但他此時此刻，卻只能向任何他所知道的神佛祈禱，祈求蘇方琪人在家中，願意替他找回蔡敏恩跟女兒。

＊＊＊

蘇方琪開始反覆地做夢。夢裡女兒曉真渾身血淋淋，像是被剝除了一層皮，只剩下輪廓跟一雙眼睛，還看得出來是自己的女兒。

曉真扭曲的走向蘇方琪，每一步都滲出更多的血，在地上留下蜿蜒的腳印，她嘴裡喊著好痛、好痛。

接著從腳踝開始骨折，整個人往旁邊一傾，接著是大腿、臀部、腹腔、胸骨，但無論她如何骨折，她怎麼樣都不會停下來，最後剩下上半身跟腦袋，還是持續往前爬，直到握住蘇方琪的腳。

她仰頭，流出血淚。

「媽，救我。」

蘇方琪總是會在這時候嚇醒。

她痛哭，這就是女兒墜樓後的樣子，整個人全身多處骨折，最後只剩下瞪大眼睛的腦袋，似乎還想說什麼。

她不斷地想要遺忘那個畫面，但又在夢境中反覆被複習，她彷彿在一個時間輪迴當中，每天都回到同一天，每天都是末日，卻也永遠結束不了。

就在她幾乎想自殺的時候，夢境開始慢慢有變化。

曉真握著她的腳，開始說出更多的話，她要蘇方琪救她，甚至提出更明確的指示，要她去找慈母真尊，要她去找向安婕。

「我等妳來，媽，我等妳來……」夢裡的曉真總是哭著說。

醒來的蘇方琪夾雜著困惑跟痛苦，她不確定是因為調查向安婕的這一連串的事情，讓她在夢境中有了這些折射，還是這真的是曉真的願望？

在一個雨夜裡，她又再次驚醒，這次她看見腳踝上一圈紅色的水泡，像是燙傷，很痛很痛。

接著她在現實中看見孩子的鬼魂們穿牆而來，他們張口，如離水的魚般痛苦，呼出混濁的氣。

救救我們……

曉真的鬼魂在最後浮現，接著全數如風吹般消失，地上留下灰色的腳印，疊疊層層。

蘇方琪的淚再度落下來。

這竟然是真的。

她曾經說過，絕不把曉真的靈魂交給向安婕，絕不讓曉真失去死後的自由。

但一般常人死後之事，尚且未知，更別說鬼魂要如何歸去，以免被誰操控。

蘇方琪陷入巨大的惶恐，如果這一切都是真的，那她現在該怎麼辦？

此時門鈴巨響。

蘇方琪安靜了數週的世界終於迎來聲音，對她來說，這聲音如同爆炸，炸開耳膜。

她渾身邋遢，走向大門，拉開了門把，看見門外同樣痛哭，一身狼狽、滿臉鬍渣的周政。

她終於知道，他們不只是痛失摯愛，更是害心愛的人萬劫不復。

七、天堂

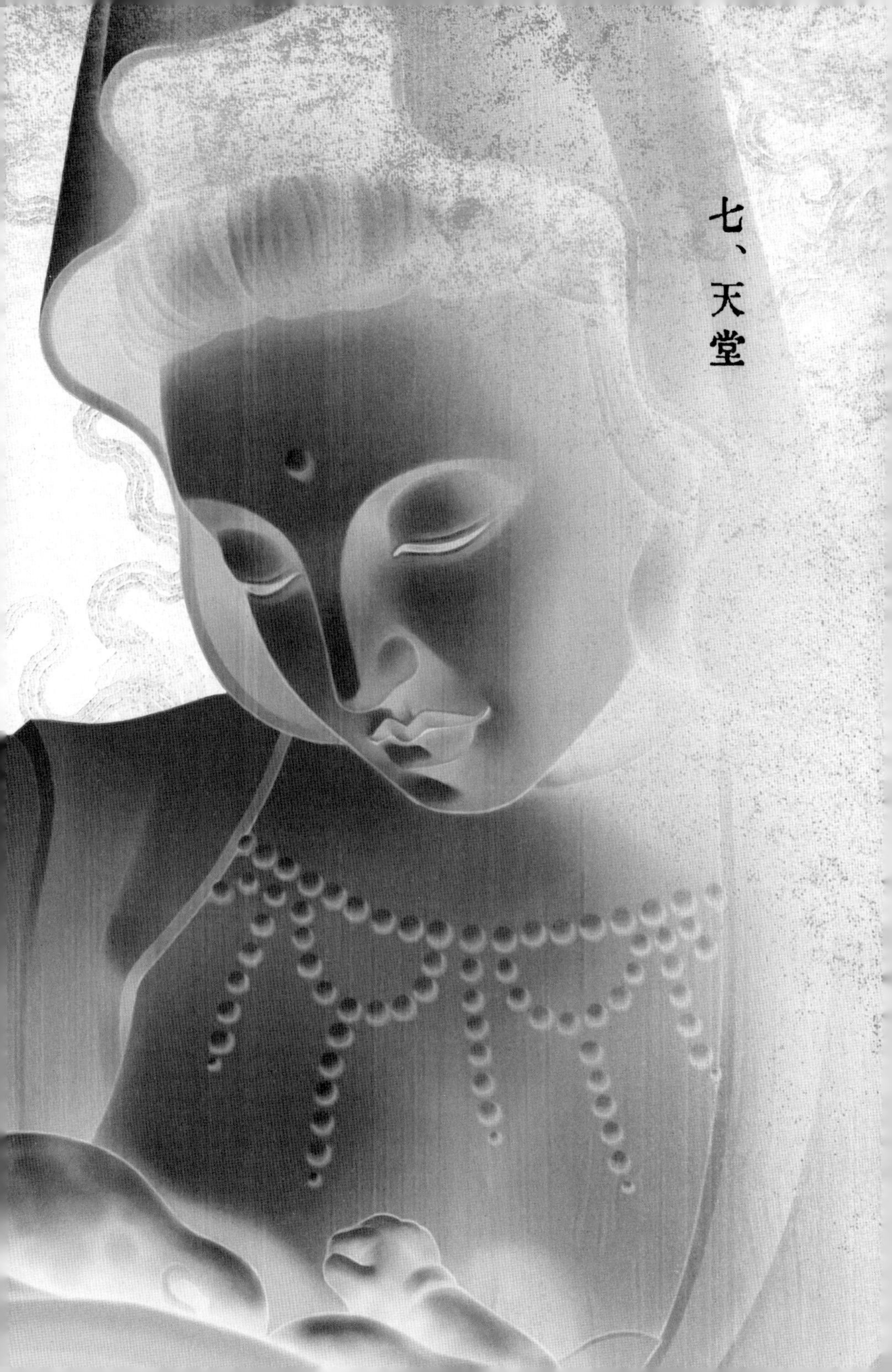

蘇方琪溫馴的走進道場。

李依珊如常的迎接她，她們按照道場的規矩，在門口洗手，將汙穢之氣留在門外，走向慈母真尊座下，跪下伏拜。

她內心徬徨，茫然無助，還記得第一次來的時候，她欺騙大家，她的女兒曉真已死，當時她還惴惴不安，深怕秘密會被發現，但現在她卻真的已經喪女，再也沒有任何隱瞞的必要，那麼，她進來打探的理由還存在嗎？

那些枉死的孩子，是不是也都跟曉真一樣，只想要自由，只想要父母放手，他們有他們的人生，即使變壞、變爛、吸毒、犯罪，他們也都還活著，而不是成為屍體，最後化為白骨。

那是他們選擇的人生。

蘇方琪眼睛乾涸，已經哭不出來，所有的問題得不到解答，她腦海中全是曉真最後墜樓的眼神。

那樣的冷漠、平靜，是不是因為還有恨？

蘇方琪靜靜跪著，直到向安婕托起了她的手。

那股檀香味又蔓延在整個道場，今晚也是降臨之夜。

高高立起的屏風後，依然是真尊之子，他幼童般的身影，透過燭火，放大到整個屏風上，像是掌控著地獄之門的惡靈，只要投入夠多的供品，在場的母親，就可以暫時與他手上的鬼魂相見。

蘇方琪在香氣中仍然暈眩、作嘔，但她拚了命的掐住自己，不願意失去半分知覺。她不敢說自己毫無期待，她確實發誓過，她絕對不會把女兒的靈魂交到向安婕手上，但當女兒與其他孩子的鬼影在臥室現形時，代表女兒的鬼魂已經在這裡。

作為母親的自己，只能前來探望。

而且……她還是想見曉真，問她一句，恨不恨自己？

煙霧繚繞，從燭火上面向外蔓延，整個道場像是陷入瘋癲，節奏紊亂的音樂再次響起，還有真尊之子的童聲，混雜成一片浪潮，但耳邊卻又出現耳鳴，彷彿被抽成真空，連呼吸都感到急迫。

蘇方琪感到心跳加速。

黑影從屏風後面蔓延，籠罩住整個道場，慢慢地孩子們的身影從漆黑的墨水中浮現，死狀淒慘的走向自己的母親。

哭聲依舊震懾人心，哀傷跟懊悔的情緒蔓延在整個空間，環顧四周，蘇方琪終於知道，不是所有的母親都心甘情願，拿孩子的鬼魂去交換修行的籌碼。

她們在這裡的原因，除了恨、除了愛，還有罪惡。

蘇方琪淚流滿面，看著前方的曉真緩緩的步向她。曉真眼神空洞，似乎沒有知覺，她死狀並不好看，但不管什麼模樣，蘇方琪都不在乎，她想抓住女兒的手，卻只抓到一片空氣，她幾乎痛哭失聲，曉真成為遊魂，穿過她之後消失不見。

「她不記得了。」向安婕牽著真尊之子過來。

蘇方琪連忙擦乾眼淚：「放她走，去投胎轉世、去輪迴，什麼都好。別把她困在這裡……」

「妳又對死後的世界了解多少？」向安婕問。

蘇方琪啞口無言，那本來就不是她所知的領域。

「她惡貫滿盈，要怎麼再回人身？她累世所加，全是惡緣，妳與她，也是互相討債的——」

「我沒有！」蘇方琪大吼，打斷向安婕的話。「我沒有要跟她討，我也沒有欠她什麼，是我的錯，是我不肯放手，才會害死她！」

「妳寧願她繼續這樣愚昧無知每一世，在輪迴裡痛苦、沒辦法超脫生死？」

「那樣至少她現在還活著……」

「此生緣滅，為來世再見。」

「我還有機會嗎？」

「只要她跟隨真尊修行，洗清罪孽。」

向安婕揮手，燭光明明滅滅，鬼魂在各自的母親身旁遊蕩，像是無知無覺，又像是活在另外一個維度。

蘇方琪迷惘。「妳想要什麼？保險金嗎？自殺的保險金不多，我可以全都給妳。」

「慈母真尊的道場需要更好的人。」

「什麼意思？」

「妳。」向安婕牽起她的手，把真尊之子的手心交給她。「真尊之子不懂世事，得有更多的人成為他的眼睛，帶領更多罪孽深重的母親與她們生下來的孩子。」

蘇方琪恍恍惚惚。

「妳想要我，替妳做更多的事？妳想要更多的信徒，更多的權力，更多的錢……」

蘇方琪不斷搖頭。「我做不到。」

「我展示給妳們看的，不是神蹟，而是因果。」向安婕緊緊捏著她的手心。「妳女兒不記得你，是我幫的忙，她的鬼魂十分仇恨你，即使養在真尊底下，也有自我毀滅的傾向，這樣下去，她的鬼魂會成魔，別說回到天上，連輪迴都不可能。」

向安婕帶她到屏風後面，一個精緻的樂園圖出現在屏風布面上，裡頭有很多遊樂器材、池塘、沙坑，一切兒童喜歡的東西，應有盡有。

向安婕虛虛抬手，一處即放大，躍然掌心。

蘇方琪看得很清楚，那是曉真小時候的模樣，她坐在盪鞦韆上，毫無憂愁煩惱，她快樂的盪上天空，耳邊似乎都可以聽到她清脆的笑聲。

「妳來幫我，我就讓妳的女兒，永遠活在這裡。」

蘇方琪轉頭，看著向安婕，對方很有自信，但她也說不出拒絕的話。

「她在那裡會快樂嗎？」

「這是我為他們打造的天堂。」向安婕吹熄屏風旁的燭火。眼前的遊樂園布面卻隱隱發光，所有的孩子回到這裡，回到童年時期，他們手牽著手，在裡頭玩耍。

這裡時光凝滯、沒有未來，也沒有痛苦。

「妳不是說過，不管她變成什麼樣子，都希望她回來嗎？」

「對……」

「這是每個母親最開始的願望。現在，我替妳們實現了。」

蘇方琪終於點頭，慢慢跪在真尊之子面前，真尊之子伸出手，輕輕摸了摸她的頭。

「不要哭、不要怕，在天堂玩，很快樂。」

他童言童語，說話宛若唱歌，「他們都是我的玩伴，我的好朋友。」

他微笑，純真自然。

蘇方琪抬頭，注視著向安婕。

「其實我沒有選擇對不對？從一開始，我踏入這裡，妳就知道會有這一天。」

向安婕對她點頭。

「是。妳是被我選上的人。」

向安婕說到做到，她常常讓曉真的鬼魂出現，與蘇方琪相處。

跟其他鬼魂不一樣的是，曉真比較像「人」，她雖然失去記憶，卻也常常依戀地在蘇方琪身邊徘徊，她不懂自己的死因，似乎也不在乎，來回在兩個維度之間，偶爾會露出困惑的神情。

蘇方琪問她好不好？

她搖頭又點頭，連她自己也搞不清楚。

或許是因為全都遺忘的關係，她沒有那麼多怨恨，但也更茫然，不知道自己身在何方，甚至看起來也不在乎，她偶爾會陷入記憶的迴圈，笑或者哭，偶爾又消失，蘇方琪也不知道她去了哪裡？

「妳喜歡她嗎？」

真尊之子這時候會托著可愛的腮幫子，純真的問蘇方琪。

「喜歡。很喜歡。」

蘇方琪點點頭。

「我也是。她好好玩。」

真尊之子表示認同，但又離開。對他來說喜歡似乎是擁有，他沒有別的想法，心思乾淨，卻難以理解。

蘇方琪先前見過的那幅屏風，擺放在向安婕跟真尊之子的小房間，也就是蘇方琪與周政之前費盡心思想要進去的地方。

現在蘇方琪可以自由出入了，她替向安婕打理事情，偶爾會偷偷駐足在屏風前，尋找代表女兒的小點，看她出現在哪裡玩耍，是蘇方琪日常最大的慰藉。

偶爾孩子們跌倒了、互相推擠，她總是著急，但她已經知道自己不能插手，就看著畫裡的孩子們互相推搡，掉進溪裡，即使被沖走，也很快又再次出現，沒有任何損傷。

孩子們又再次嘻嘻哈哈。

向安婕說得對，這裡是天堂，沒有痛苦。

李依珊慢慢也把更多的事情交代給蘇方琪。

李依珊指示她，沒有辦法繼續供奉金錢的母親，就不能再見到兒女的鬼魂，應該要排除在道場之外，只要告訴他們兒女已經修行完畢，重入輪迴就好了，還會受到對方感恩戴德的致謝。

雖然事實很殘忍，但真尊的法力有限，這是資源分配的問題，不可能讓無上限的人都可以見到死去的鬼魂。不過至少，向安婕會讓孩子的鬼魂永遠留在畫裡，留在天堂。

李依珊反而告誡蘇方琪，應該對她們倆個可以被向老師看上而心懷感激。至少她們不用擔心供奉的問題，只要盡力做事就好，她們的子女有一天可以抵達真正的天堂。

而向安婕需要她們的原因很簡單。

道場不能像一灘死水，信徒的兒女死去、家人反對、沒有更多的錢財供奉，都會使得組織萎縮，所以要不斷地開發新的信眾。

但也要小心謹慎，找到那些真正為了子女教養痛苦的母親，襲擊她們最內疚的一面，害怕因為自己無能，而教不好小孩，害怕因為自己的緣故，而生下了罪人。

作為母親的自己，必須承擔大部分、不，是全部的責任。

男人不會在意這種事情，他們就像隨風播種的野草，草自然長出來，跟他們無關，女人才能維繫一整個家族。

蘇方琪在李依珊的示意下，打電話給自己的社福單位，她謊稱之前自己女兒過世，心神狀況不佳，才會與外界失去聯繫，她現在逐漸康復，想回到工作崗位，她上面的長官雖有些不信任，但在蘇方琪堅持已經康復的保證下，仍然轉了幾個個案給她。

蘇方琪一一拜訪，在看見對方力不從心的傷痛時，就會慢慢讓她們知道慈母真尊的存在。

的確，慈母真尊替「教養失敗」找到了一個出口，不是她們的錯，而是這個小孩生來就要討債，這樣的念頭，讓所有的母親鬆了一口氣，但也只是引鴆止渴，激發更大的衝突，而這更是向安婕所想要的。

順利的話，接下來簽署保險單，在緊密的社群控制跟對孩子的失望交疊期間，道場就能找到機會，由李依珊安排親送毒品或者選擇其他意外，只要是母親們親自動手，檢警單位都找不到相關疑點。

因為沒有人相信，身為母親，會殺掉自己的孩子。只是他們從不知道，最痛恨小孩的人，有時候就是身為母親的人。產後憂鬱中，最有可能殺掉小孩的，就是媽媽。而育兒，就是一段漫長的產後憂鬱。

蘇方琪帶進來的信徒含金量很高，也願意奉獻，幾乎是很快就沉浸在向安婕的課程當中，蘇方琪冷冷看這一切，她已經什麼都漠不關心，如果這些人也跟自己一樣，對孩子下手，那也是罪有應得，就跟她一樣，絲毫不值得同情。

蘇方琪的舉動，受到向安婕的獎賞。曉真的魂魄逐漸擺脫死前的模樣，面容透明清晰，向安婕說，這全是因為收到蘇方琪的功德迴向。

蘇方琪不知道功德的兌換比率，她只能盡力去做。她甚至逼迫丈夫把他們聯名購買的房子賣掉，按照當初頭期款的比例分回售金，接著把這些錢全部交給向安婕，她孑然一身，搬進了道場。

周政原先對她寄予厚望，不斷打電話來打聽自己妻子蔡敏恩在道場的行蹤。而蘇方琪也確實在道場看見了蔡敏恩，抱著幼小的嬰兒，專注地聆聽向安婕的講課，蔡敏恩被那些講課的內容洗滌了內心的不安與怨恨，逐漸信服這一切的因果，不是她的錯，是惡緣、是孩子與生俱來的問題……

「拜託妳告訴我，她到底帶著小孩在裡面幹麼？」

周政找到機會，在道場外攔住了外出的蘇方琪。

他神情沮喪，滿臉鬍渣，看起來幾乎不成人樣。「她是不是瘋了，為什麼要這樣？她自己要去什麼邪教就去，幹麼連我女兒都帶走！」

周政講得義正嚴詞，但蘇方琪內心有個巨大的困惑。在這裡的母親，心裡都有縫隙，才會讓向安婕得以入侵。

如果真的如周政所說，那是他的女兒，為什麼蔡敏恩心裡會有縫隙？

「她身為媽媽，到底知不知道自己在做什麼，不用跟我商量就帶小孩來這種地方，她根本沒有資格教養小孩！」周政已經瀕臨發狂，胡亂的抱怨著蔡敏恩，他想要妻子回心轉意，但他現在更擔憂自己的女兒。

「資格？」蘇方琪看著他，眼裡目光森然。「為什麼母親的資格，要由外人來評斷？」

「什麼外人，我是小孩的爸爸！」

「那她們需要你的時候你在嗎？」

周政愣住。蘇方琪直指了他不敢面對的內疚，蔡敏恩帶著女兒回房時，那瞬間，透過隔音牆終於消失不見的哭鬧聲，他是不是鬆了好大一口氣？

他工作到凌晨睡在書房時，是不是也曾經慶幸自己還有工作？

他找自己母親來幫忙蔡敏恩的時候，是不是也覺得這樣就好！

「如果不是你，她不會來到這裡。」

墜落的理由有一千種，但會不會墜落的關鍵只有一個。

有沒有人拉住即將掉落深淵的人？

她沒有，蔡敏恩也沒有。

＊＊＊

周政走進警局，妻子蔡敏恩帶著女兒加入邪教，隨時都會有生命危險這件事，讓他瞬間滄桑很多，整個人看起來精神狀況相當不穩定。

他請了幾天假，一回警局不是銷假上班，而是闖進局長室，甚至不顧小隊長的勸阻，直接打開會議中的局長室大門。

許益路人在裡面，看著雙眼發紅的周政，暫時宣布會議休息，讓其他人先出去，只餘周政站在裡面，拳頭悄悄握緊。

局長室的大門關上，外頭的其他同事們立刻開始議論紛紛，不知道周政到底發生了什麼事情？怎麼會彷彿著魔了一樣。

「你跟慈母真尊教有什麼關係？」

周政長驅直入，一點都不客氣，她的妻子與女兒命在旦夕，隨時都有可能成為向安婕詐領保險金的目標，他現在完全沒辦法冷靜下來好好思考自己的行為會不會得罪許益路，從此斷送警察生涯。

對他來說，現在一切都比不上家人重要。

他只是懊悔，他為什麼沒有早一點認知到這個事實。

即使他升官、破大案，失去了妻子跟老婆，空蕩蕩的家裡，再也沒有嬰兒啼哭的聲音，那他的努力又有什麼用？

「你在說什麼？」許益路果然不願意承認。他一臉痛心。「看看你自己現在是什麼樣子？你臨時說要請假，我也批准了，一回來上班就闖進辦公室，你知不知道你現在就叫做以下犯上！」

許益路的話很重，試圖用長官的威嚴壓迫周政，可惜周政毫不在乎。

「那許益珊呢？你親姊姊，跟向安婕又是什麼關係。」

「我不會干涉我姊姊的交友。」許益路仍然言詞閃爍：「你到底想要知道什麼，你直接說。」

「慈母真尊教，殺害未成年，詐領保險金，你替他們掩蓋事實，以意外結案，分得保險金以外，還讓他們替你剷除競爭對手。」周政一口氣說完，「魚幫水、水幫魚，是吧？」

許益路笑了，眼裡有了然的輕蔑。

「你說什麼呢，我完全聽不懂。」

「那些案子明明疑點重重，你卻不肯撥人力調查，你姊姊跟向安婕底下的教友用傳統方式互助會洗錢，跟你競爭調派位置的局長，因為心肌梗塞而死在高速公路上。」周政用力一拍桌子，「你敢說你什麼都不知道？」

許益路微笑。「你說這些，有什麼證據嗎？」

周政深深呼吸，他的腦子在混沌中，其實只有一個強烈目標。「放過我妻子跟我女兒，我當作……什麼都不知道。」他艱難開口，這與他身為警察的使命違背，但沒有什麼事情比家人的命更重要。

許益路的指尖輕輕敲擊著桌面，似乎在思考這個交易的可行性。

周政看似強硬，心裡其實很虛，他說的這些看似振振有詞，其實毫無證據，而且即使捅穿了，也沒有人會相信這些怪力亂神的事情，只會當作他發瘋。

所以他只能靠氣勢占上風，想試圖壓迫許益路同意。

畢竟他的願望，就只是換回家人平安。

他想這麼微小的願望，不擋人財路，也不阻礙他們日後發展的計畫，許益路應該會同意吧？

許益路當著他的面，打了一通電話。

「人現在在我這。」

周政不能理解，他的腦子飛速運轉，但還沒等他想出答案，局長的門就有數名警員推門進來，他們拿著槍，對準周政，要周政不准擅動，周政不敢置信的看向許益路。

許益路慢條斯理的拿起濕紙巾擦了桌子，擦乾淨剛剛被周政拍桌的指印。

「一個月前，你破獲的毒品案，移交過去了十磅海洛因，今天在銷毀前被發現混雜了麵粉。」

周政的眼睛瞪得很大。

「這個案子的相關人等，先由本局製作筆錄，從今天起一律停職，等待調查結果。」許益路揮揮手，其他員警、周政曾經的同事、學長學弟，把周政身上的證件跟警徽都拿下來，押著他進筆錄室。

周政眼神一直沒離開過許益路，他震驚地看著這一切發生。許益路已經坐大到能在局內隻手遮天的程度，而且從頭到尾就知道他在調查這件事，留著毒品這張牌，也只是為了在適當的時機將他停職。

想清楚這一切的周政掙扎了起來，他不能被停職，他要揭發許益路，他的老婆跟女兒都還在等他。

可是他的掙扎被其他員警無情的壓制，他只能大喊：「你們去查，查他的競爭對手是怎麼死的！查他姊姊許益姍的房地產狀況，你敢動我家人，我一定不會放過你！」

聲音消失在筆錄室門內。

局內不清楚狀況的員警們面面相覷，他們心想，周政是不是瘋了？

周政做了漫長的筆錄，被羈押四十八小時才放出來，他身心俱疲，知道自己沒有辦法在這裡跟許益路爭，他口說無憑、沒有證據，只會讓自己看起來像是個神經病，或許現在已經是了，他沮喪的打電話給吳為昕。

電話中，吳為昕沉默很久，周政都以為吳為昕不想再繼續管這個案子，畢竟他眼見那些惡鬼的模樣，早就想要脫身。但吳為昕聽到周政的妻子跟女兒也被帶走，他還是深深吸了口氣。

「我們從頭查起。一定有證據。」

「怎麼查？」周政坐在路邊抽菸，神情憔悴。

「最近一次死的人是誰？」

周政稍微回憶了一下。是跟母親爭執後被卡車撞死的徐可穎。

「遺體發還了嗎？」

周政忽然有了精神，因為他要查這個案子的關係，特別交代法醫那邊保留證據。

「還是還了，但我有特別交代，所有驗屍過程都要錄影存證。」

「你去看看吧，或許有什麼東西我們漏掉了。」

「好，我把地址發給你。」

「我去查別的線索。」吳為昕拒絕。「時間很趕，我們分頭進行！」

周政掛斷電話，他看向自己的警局，原先矗立在大街上，像是守護人民的地方，現在只有自己知道，裡頭藏汙納垢，只要有利益，不管是擁有什麼初心的人，都會改變。

但家人是他的底線，他絕對不會放手。

＊＊＊

周政熟門熟路的走去法醫檢驗所。

他當初的確留了個想法，雖然徐可穎不是他這區的案子，檢察官驗屍後又迅速結案，但他當時已經懷疑這些孩子的死不是意外，幸好他看了卷宗資料後，發現負責驗屍的法醫是他以前辦案時相熟的法醫許安翔。

他偷偷打了通電話，要許安翔特別保全所有的細節，給他時間重新檢視，或許屆時還有機會翻案，只是後來不斷追查向安婕跟許益路的關係，就沒有過來檢視這些證據。

現在事過境遷，到底還能看出什麼，他心裡也很沒把握。

他敲了敲門，走進一間驗屍室，冰冷的驗屍台上反映著金屬的光澤，許安翔慢騰騰地在替桌面消毒擦酒精，看到周政進來連頭都沒抬，繼續仔細的擦著檯面，動作輕柔、每個縫隙都不放過，不像是消毒，反而看起來簡直在愛撫情人。

周政也不打擾他，坐在旁邊安安靜靜的等著。

許安翔是很資深的法醫，平時沒什麼脾氣，臨時被叫去荒山野嶺驗屍都不會有怨言，即使其他法醫不想接的屍體全都往這邊丟，他也不會向上反彈，對他來說，與人相處太費神了，他寧願跟這些安安靜靜的「情人」為伍。

他喜歡挖掘他們身上的秘密，屍體可以給的線索很多，從最簡單的死亡時間、地點、最後一餐到醫療狀況，還可以知道很多秘密，只要保存得好，連生前的人際關係、家庭狀況、工作內容都可以一一得知。

當然，案件常常不需要這麼多的資訊，這是他私人的興趣。

可以把工作跟興趣結合，挺讓人羨慕的，不是嗎？

不過法醫的工作量還是挺大的，也不是每具屍體都會引起他的興趣，可以進到他的個人資料夾。

但當周政打來的時候，他還是特別地關注了徐可穎這具屍體，畢竟周政算是他少數的朋友。

周政在旁邊安靜的等許安翔做完這一切，許安翔不喜歡被打斷，尤其是在他的秩序中，好不容易等了近一個多小時，許安翔才脫下手上的手套，坐在自己專屬的椅子上，喝了口茶。

「聽說你因為私藏毒品被停職了？」

許安翔這句話倒是讓周政意外的挑眉。

「沒想到你還會在意這種八卦？」

「的確是八卦。」許安翔點點頭。「你這麼窮，今天也只吃便利商店的便當。賣了毒品至少可以吃好一點。」

頹廢的周政懶得理會許安翔無聊的習慣。

「徐可穎的檔案呢？」

「你現在沒有職權看了吧？」

許安翔惡意的笑笑。在他為數不多的好友裡，他是不太吝嗇展現自己的惡趣味的。

「我就坐在這裡，什麼也不動。」

周政臉上閃過一絲陰霾，妻子已經將他封鎖，人也不在娘家。他其實心急如焚，要不然也不會直闖許益路的辦公室，把事情鬧得這麼大，但當他被停職之後，他反而冷靜下來，自己什麼證據都沒有，要把這些怪力亂神的事情往外捅，只是讓自己看起來更像神經病。

他得找到證據。

許安翔也沒有真的要攔阻周政的意思，他慢條斯理的打開當時解剖留下來的錄影，將影像投放到解剖台旁邊的投影幕上。

許安翔的聲音從喇叭中傳來。

徐可穎，十六歲未成年女性，車禍致死，致命傷是頭顱破碎……

許安翔劃下第一刀，驗屍過程開始，花樣年華的少女，在他的手術刀下逐漸被分割，不管她人生有多少的可能，現在都只是一具躺在解剖台上冰冷的屍體。

她纖瘦、沒有運動的習慣、營養不良，體重不足四十五kg，但這是所謂時下流行的標準身材，她習慣穿夾腳拖，腳上還有摩擦的痕跡跟曬痕。

她並不是精心保養自己的女生，從臉部皮膚狀況可以得知一二，但她喜歡飾品，打了許多耳洞、手上也有叮叮噹噹的手環跟鏈子，即使現在全數卸除，也可以在屍體上看見經年累月摩擦的痕跡。

還戴著情侶對戒，右手無名指，表示熱戀中。

她長期吸菸、多次染髮、有胃潰瘍，血液檢驗有毒品跟藥物反應，她的人生，只能累積到這裡了。

她死前的時候，因為毒品反應，而處於強烈神智不清的狀態，才會沒看見即將駛過的大卡車，直接闖越馬路。

在錄影底下，她的身上充滿著針孔，從手臂到大腿都有，這也是注射毒品留下來的痕跡，可以看出她有長年的吸毒史，而她為了掩蓋這些針孔，多數部位都有刺青。

螢幕上的許安翔逐一解剖，提取需要化驗的部位後，將內臟器官一一歸位，復原頭顱，即使原先已經支離破碎，指甲內的縫隙也全數用棉棒採檢，沒有打鬥的痕跡、沒有抓痕或者被毆打的傷痕，即使死因非常明顯，也可以去除她生前被虐待的可能性。

錄影即將結束。

「等一下。」周政忽然喊了一聲。

許安翔將錄影畫面暫停，疑惑難道周政發現了什麼?他心裡有點不甘心。「有什麼問題嗎？」

「她是左撇子？」

許安翔點頭，從左手的手指磨損程度，以及左手指甲油的不均，都可以看得出來她是左撇子。

「那這些針孔是別人替她注射的？」

周政走到投影幕前，仔細檢視。

許安翔很快從電腦檔案夾內調出照片，他仔細瀏覽。

「是。根據位置，多數左上手臂的針孔，應該都是他人注射。」

「那這個呢？」周政點了點投影幕。那是一個在左肩頰骨的位置。

許安翔皺眉。他調出所有的照片，很快鎖定有拍到那個位置的照片群，一一放大仔細看。

「是針孔沒有錯，且根據瘀血狀況，應該是死前注射的。」

「如果是別人，應該不會選擇這個位置。」周政略微側身，在許安翔身後。

「這是一個得繞到背後的位置。」周政把手搭在許安翔肩上。

許安翔不太喜歡有自己沒發現的事，但他承認周政說得對。

「可是這不能代表什麼？」

周政沉默。對，這證據太微小了，即使已經知道向安婕設計殺害這些孩子，也不可能僅憑這種證據就翻案。誰知道徐可穎是不是真的讓人從背後替自己注射毒品？

「我們先傳喚徐可穎的交友圈，釐清替她注射毒品的人是誰。」

「但你現在被停職。」許安翔關掉檔案，毫不留情地說。

「……」周政被梗得說不出話來，停職的確讓他寸步難行。

再者案件已過，要傳喚這麼多人，恐怕也有難度，本國法律不管是持有毒品還是交易毒品，尤其是海洛因，都是重罪，根本不會有人承認。

把徐可穎的交友圈翻完，恐怕也得不到什麼線索。

但此時周政的電話響起，是吳為昕打來的，周政要接，卻被掛斷，當周政莫名其妙時，手機收到吳為昕傳送的一個監視器檔案。

周政看了一會兒，從原先的莫名奇妙到臉色驟變。

他在檔案的最後按了暫停，讓許安翔看。

「現在我們的對象可以縮小到她了。」

許安翔點點頭，他之前就聽過周政講這個案子，他其實沒周政這麼意外，人類是極端又多變的生物，可以說雖是單一群體，卻具有豐富的生物多樣性。

怎麼樣可以被定義為人類呢？不管是活著的人，還是死掉的人，都很難解答他這個問題。

徐可穎渾渾噩噩離開家門口的時候，徐文鳳是在的。

更正確的來說，徐文鳳是親眼看著徐可穎走出門，搖搖晃晃的走向大馬路，從監視器影片中看得出來，她沒有攔阻徐可穎的意思，甚至是聽見大馬路上傳來劇烈的煞車聲後，才驚惶的奔跑出去。

跟她之前所說的不符合。

她說她跟女兒吵架之後，不放心的跟出來，想帶徐可穎回去，但無能為力，阻止不了女兒離家。

可是現在影片中很明顯，她從頭到尾沒有阻攔徐可穎。

她像是眼睜睜地看著事情發生。

這個監視器影片不是馬路上的監視器，而是對面公寓的陽台家用鏡頭，一開始警方沒有發現，是後來吳為昕進入附近的網路後，才撈找到的檔案。

「虧現在什麼東西都上傳雲端，我才能輕易拿到。」

吳為昕聳了聳肩。

周政皺眉。「這個證據還是太小了，不足以翻案。只是看著女兒出門，不足以構成殺害女兒的嫌疑。」

「但這個可以很明確知道，你們之前懷疑的事情是真的，這些母親，是有預謀的在殺害自己的小孩。」

吳為昕嘆氣。「雖然我還是很不能理解，她們瘋了嗎？」

當然，周政也同樣不懂，但他回想這一路過去，從蔡敏恩生下新生兒之後，妻子到底獨自走過一條什麼樣的路？

他以工作作為藉口，認為自己有讓母親過來家裡，就算是幫忙了。

但為什麼是幫忙這兩個字？

小孩不是蔡敏恩一個人生下來的。

他多少次回家的時候，責怪蔡敏恩為什麼小孩還在哭？

為什麼小孩還沒睡？

不喝奶的時候他也不高興。

孩子需要帶回醫院打預防針的時候他也不高興。

他認為那些全都是蔡敏恩的責任。

但是不是那些自以為是的責任，把蔡敏恩壓垮了？蔡敏恩才會認為女兒，是來向她討債的對象。

周政內心非常自責，被這種自責反覆折磨，更加深他一定要抓到向安婕的決心，他現在跟妻子說什麼，妻子都聽不進去，但如果向安婕入獄，蔡敏恩是不是就可以停下這種要毀滅自己跟小孩的痛苦與焦慮？

***

蘇方琪的態度讓向安婕很滿意，蘇方琪已經完全順服，只要能跟女兒曉真的鬼魂見面，就是她最高興的時刻，除此之外，她再也沒有別的想法，也不管其他的事情，經由她介紹的信徒逐漸增加，道場又迎來一批虔誠的母親。

蘇方琪跟李依珊成為向安婕重要的左右手，可以接觸到的事情也越來越多，拜台灣的保險盛行所賜，台灣多數的孩子出生時就有保單，即使沒有，在李依珊的推波助瀾下，也紛紛簽下保單。

她們虔誠的信仰，讓她們對這些事毫不懷疑。

一切都是上天的指示，上天會給予最好的安排，她們只要聆聽真尊旨意，虔誠修行，不管在這世經歷多少苦難，未來都能夠得到回報。

「妳們本是天上的仙女，每個人落入凡間，都有必須完成的任務。」向安婕溫和的說：「這些磨難，都是妳們的因緣，妳們與孩子、丈夫不是為了愛而相聚，而是為了了結因果。」

聆聽的婦女紛紛落下淚來。

向安婕的話，化解了她們長久以來，求而不得的痛苦。

丈夫埋怨她們的修行之路，並非不愛她們，而是這本來就是上天給予的磨難，而孩子是她們累世所欠因緣，一定要殷勤導正，才能在天上還有團聚的機會。

她們堅定、毫無猶豫的走在旁人難以理解的路上。

更多的耳語，都只是考驗，她們無懼，更等待機會為了真尊獻身，她們的信仰逐漸成形，形成一套系統，賞罰分明，只是一切目前尚不可知，得等到死後才能驗證。

而她們深信，死後向安婕會給予她們想要的一切。

對此，蘇方琪只是冷眼看著，她一方面受制於向安婕，只能仰賴真尊之子，才能見到女兒曉真，但一方面，她更覺得自己也是加害者，這個龐大的道場體系中，遍布著恐懼，讓母親們紛紛主動加害自己的小孩。

她不在乎這些事情了。

向安婕一直在這裡，選擇相信的人，總會自己走進這隱於公寓民宅的道場小門。直到盧佳慧再度被向安婕抓到道場管教。

盧佳慧考上了南部的大學。

她瞞過所有人，偷偷用分發以外的方式，錄取了南部的學校。不，也不能說是瞞，畢竟她的媽媽唯唯諾諾，從來只聽向安婕的話，根本不關心她。

盧佳慧這幾年，吃了向安婕不少的苦頭，但她知道自己這個舉動，必定觸怒向安婕，所以小心翼翼的送出申請，獨自到南部去面試，還提早將地址轉到郵政信箱，終於順利考上。

但事情還是曝光了。

學校將盧佳慧上榜的紅布條掛在校門口，很快就被信徒發現，傳遞給向安婕。

向安婕非常生氣。

「妳這樣叛逆，去到沒人管的地方，不就淪落到更難看的樣子？」

向安婕對著跪在道場中央的盧佳慧問。

盧佳慧雖然跪著，但一雙眼睛死瞪著向安婕，半點都不肯妥協示弱，她母親又在旁邊哀哀的哭，盧佳慧心裡覺得很煩，她對生下她的這個女人，幾乎已經沒有情感了。

多少次了？

她被向安婕壓到這裡施暴的時候，這個女人都不曾擋在她面前。

她被向安婕奪走所有辛辛苦苦存下來的錢，這個女人也只會說，一切錢財皆奉獻給真尊。

她被關在小門後，差點脫水而死的時候，這個女人從來不曾敲門。

盧佳慧對親生母親，心中只剩下恨而已。

這個恨不只來自於母親對向安婕施暴的漠不關心，更多的是，為什麼不願意脫離這個鬼地方？

她寧願去賣淫賺錢養她們，都不願意被限制在這裡！

尤其是弟弟，因為智商遲緩的關係，幾乎已經不去上學了，更別說申請什麼特教資源，盧佳慧雖然窮困，在學校更沒有朋友，被班上同學視為異類，但她仍然知道有些資源可以幫助弟弟。

只是時機一再錯過，連她都不敢保證現在的自己，還有辦法帶著弟弟在外面生活。

啪！

一個耳光打上盧佳慧。讓她飄飛的思緒回到道場中。

她看著眼前向安婕怒不可遏的樣子，心裡的恐懼逐漸提高，她想方設法地要逃走，也是因為道場裡的鬼越來越多，她可以看見鬼的秘密，她沒有跟任何人說過，包括母親跟向安婕都不知道，但也因為這樣，她看著曾經見過的臉孔，逐一化身為鬼，感到更加恐懼。

她害怕，有一天她也變成其中一個。

「妳根本不知悔改，妳在道場這麼多年，到底學到了什麼？」

盧佳慧看著眼前的向安婕，這一巴掌讓她滿口血沫，也更為憤怒。

「學到妳們都是一群瘋子！」她大吼，「妳們憑什麼關我？我憑我自己的能力考上學校，又關妳們什麼事！」

「讀那些世俗的書，讓妳累加更多知識障，不如不要讀！」

向安婕猙獰的臉逐漸在她面前放大，湊近了盧佳慧的耳邊。「我養妳到這麼大，妳以為我會讓妳走嗎？」

向安婕對著盧佳慧，已經毫不掩藏自己的獠牙。「明天我會讓妳媽去跟學校聯繫，幫妳辦理退學。」

盧佳慧臉色一白，渾身冰冷，彷彿墜入地獄，向安婕又要再次毀去她的希望，她這時候忍不住仇恨自己了，為什麼要在乎弟弟？為什麼以為考上大學就有逃脫的希望？

她應該直接中斷學業，逃到外地，即使這輩子無法完成學歷，人生再也無法翻身。

至少她可以逃出這裡！

「妳憑什麼！」盧佳慧大吼，起身就想撲向向安婕。

旁邊的母親們趕緊壓住她，手上的棍棒如雨點般落下，盧佳慧不斷悶哼，被打到匍匐在地上，她身上的襯衫滲出血花，她一開始強忍著痛，但棍棒打到肩膀，肩骨發出斷裂的聲音時，她還是忍不住尖銳的哭叫了起來。

淚水不甘心的落入地板，她怨恨的瞪著遠處抹著眼淚的母親。

她被打得奄奄一息，躺在冰冷的地上。

遠處的蘇方琪，則靜靜的凝視這一切。

八、誘餌

向安婕下了指令，要蘇方琪把盧佳慧這幾年陸續加保的保險單整理出來，一些可以臨時加保的項目，也讓李依珊趕緊聯繫保險公司的業務員，好讓盧佳慧的母親簽字，最後她們才能獲取最大的利益。

盧佳慧的母親坐在便利商店裡的時候，神情是茫然的。

她其實早就知道，如果桀驁不遜的孩子持續不改，不斷地為惡，真尊就會告訴他們，時間到了，這些孩子需要拋棄凡胎肉體，重新回到真尊身邊修行，以免再跟更多罪孽因果牽扯。

但……現在輪到她的女兒了嗎？

她心中還是捨不得，以後就只有降臨之夜看得到女兒了。

「妳不要想太多，這世間的事情，看似幾十年，其實一眨眼就過去了，妳要為了以後母女能夠一起在天上團聚打算，如果捨不得現在的業障，妳女兒就只會墜入地獄，不斷輪迴。」

李依珊輕輕說著。

蘇方琪不發一語，看著手機時間，保險專員還有半小時就要到了。

「不能再給她一次機會嗎？我保證我會好好教她……」

李依珊搖頭。「向老師給過她多少次機會了？這幾年來，她已經被管教很多次，但即使住在道場裡，她仍然做出那些離經叛道的事情，對真尊不敬，造下更多罪孽。」

「可是、可是……」盧佳慧的母親緊緊扭著手。「她這輩子就這樣了嗎？」

「她這輩子可以投胎成人，還能夠進到真尊名下，是她最大的福氣，妳如果耽誤她，下輩子又不知道投胎到哪裡去，有沒有人身可以修行都不一定，說不定進入畜生道變成豬、鴨、牛、羊，任人宰殺，更不可能修道。」

「但我真的捨不得，她好歹也是我生的……」

「妳也可以讓她走，走得遠遠的，以後跟道場再也沒有關係，她造下多少惡孽，妳也不會知道。」

「跟著真尊修行，我就不能見到她了……」

「真尊身邊的機會很難得，妳如果不願意，我們也不會強迫。妳自己考慮清楚，是要讓她這輩子造下更多罪孽，死後下地獄，還是好好修行，等著妳去天上團聚。」

蘇方琪還是安靜的聽著，李依珊不愧是向安婕一手培養起來的幹部，每一句話看似都讓對方自由選擇，其實皆充滿了恐懼的陷阱。
看盧佳慧的母親還是猶豫不決，李依珊直接站起來。
「方琪，妳幫我跟保險公司取消吧，真尊身邊的位置不多，我看就不要浪費了。」
「李姐……」盧佳慧的母親緊緊抓住李依珊。「不要這樣。我只是覺得或許還有機會，不到這個地步。」
「她在道場裡長大，就已經變成這樣，拍裸照、援交、偷錢樣樣來，對向老師從來沒有尊敬跟禮貌，她現在要去高雄唸書，妳以為她是真的要去唸書嗎！」
「我不知道、我……」
「妳不要等到她犯下大罪孽，才來後悔。如果她跟人家亂搞，懷孕又去墮胎，那才是殺罪，永世不得超生，真尊想幫也幫不了。」
「……真的會這樣嗎？」
「妳覺得呢？」
李依珊反問，盧佳慧的母親焦慮地說不出話來。這些年，向老師跟其他母親都說盧佳慧不好，她看女兒的目光也越來越恐懼，她不敢教女兒，更不敢違背向老師的意思。
「妳待會就簽字，保險金的金額越大，能夠捐給真尊的奉獻越多，我跟向老師都是為了妳們好，不然我們也不需要做這些事情，妳看我的兒子，還不是已經在真尊身邊修行，現在老師說他過得很好，已經不用被因果纏身。」

「我也不想要這些錢……」

「到時候會幫妳處理，會花一點時間，但不用怕，妳做的事情，向老師跟真尊都看在眼裡，降臨之夜會讓妳跟女兒多相處，妳看蘇姐，她做得最好，現在不是就常常可以見到女兒了？」

盧佳慧的母親看向蘇方琪，蘇方琪點點頭。

作為幹部的福利，她常常可以看見女兒曉真，而曉真的靈魂狀況也越來越好，這是眾所皆知的事情，但她很清楚，這是向安婕故意為之，她跟女兒，就是吊在大家面前的紅蘿蔔。

「嗨，不好意思妳們等很久了嗎？」

保險公司的小姐來了，拉開椅子坐在她們幾個人面前。

李依珊馬上接過話，「我們剛到啦。盧媽媽的女兒過陣子要去高雄唸書，怕有什麼生病意外，想說要保一些基本的保險，不然她們家也不有錢。」

「沒問題，現在醫療險還有實支實付，我都拿給妳們看看。」

保險專員很熱心地拿出好幾個資料夾，盧佳慧的母親臉上雖然惶恐不安，但也安靜的留在座位上聽，蘇方琪靜靜的看著她們，最終盧佳慧的母親一一簽字。

回去的路上，盧佳慧的母親終於被李依珊說服，眼下這一切都是為了斬斷惡緣，讓女兒不會繼續跟世間因果糾纏不清。

李依珊甚至教她，要她跟女兒冷戰，以此來拖延盧佳慧去南部唸大學的時間。

因為她們都很清楚，一旦真的替盧佳慧辦理休學，那盧佳慧就會直接逃亡，現在盧佳慧雖然暫時被關起來，但誰也不知道她會做出什麼事情。

狗急也會跳牆，更何況盧佳慧一直都是很叛逆的孩子。

「那我們什麼時候要……」

盧佳慧的母親在計程車上，問得很隱晦。

李依珊看了蘇方琪一眼。

「還不急，妳這段時間多跟佳慧相處，不要讓她起疑心。」

「我知道。」

兩人對話又沉默下來。

蘇方琪雖然陪著走這一趟，但實際上向安婕想對盧佳慧做什麼、會在什麼時間點執行，蘇方琪仍然一無所知。蘇方琪很清楚，這是向安婕對她的一次試探，讓她參與，卻又無法掌控。

如果她要繼續待在道場，她就不能破壞向安婕這次的計畫。

但盧佳慧到底做錯了什麼？

盧佳慧做的一切都是為了逃離這裡，即使是因果，因也是母親將她帶入道場，讓她失去正常的家庭。單親不是罪，但盧佳慧的母親認為自己沒有能力撫養小孩，便把管教權讓給了向安婕，進行不當管教甚至虐待，這就是盧佳慧母親的罪。

也才會有盧佳慧叛逆想逃離的果。

蘇方琪冷眼旁觀這一切，但她知道自己必須做出選擇。

即使知道是試探，她也只能鋌而走險，現在蒐集到的證據還不夠多，無法為女兒復仇，但她至少可以救出盧佳慧——是的，蘇方琪回來道場的原因只有一個，替女兒復仇，讓女兒的鬼魂自由，她才不信什麼修行跟輪迴，只想彌補自己這輩子犯下的錯誤！

蘇方琪現在已經可以進入向安婕的房間。

向安婕仍然非常小心，房內除了保險單以外，完全沒有她跟真尊之子的個人資料。真尊之子自然不用說，這只是向安婕給的封號，但向安婕這個名字，說不定也只是個化名——周政在警政系統資料庫裡調查過了，沒有一個跟向安婕符合。

蘇方琪找了好幾次，翻看不同的地方，也慶幸現在向安婕對她足夠信任，真尊之子也很喜歡她，但沒有就是沒有，沒有人知道向安婕到底把證件或者戶口名簿放在哪裡，說不定根本不在這裡。

但有一樣東西，在台灣一定會用到。

蘇方琪把目光看向了真尊之子。

其實她內心掙扎很久，對蘇方琪來說，真尊之子只是孩子，他跟外界接觸不多，完全被向安婕困在這裡，而且他外表慢慢長大，心智年齡卻一直沒有增加，她以社工師的角度判斷，這個孩子需要治療跟幫助。

可是向安婕不願意，這裡是她搭建的神壇，她不允許神變成凡人。

她寧願讓真尊之子永遠像是個孩童，只會說讓人毛骨悚然的小孩話語。

蘇方琪只能賭一把！

她長久跟高風險青少年相處，知道有很多精神科藥物，只要服用過量，就會在瞬間產生強烈的副作用，她以自己名字看診掛號，拿了一些抗焦慮的藥物，接著將藥物一一磨碎，倒入冰淇淋奶茶中。

冰淇淋的甜味，可以遮掩藥物的味道。

她買了幾杯，分送給道場裡的孩子，但只有真尊之子手上那杯是「加料」的。

她眼睜睜看著真尊之子慢慢吃光了冰淇淋，喝掉了奶茶。

她心裡其實很掙扎，數次都想要搶回那杯冰淇淋奶茶，但她越來越聽不到盧佳慧哭泣的聲音了，盧佳慧已經被關了好多天，聲音逐漸微弱，蘇方琪真的很怕向安婕這幾天就會對盧佳慧下手。

一個小時之後，真尊之子開始哭鬧，他劇烈嘔吐、痙攣、臉色發白，向安婕跟其他道場的女人都慌了手腳。

「是不是要叫救護車啊？」幾個媽媽比較有經驗，察覺不太對勁，這不只是普通的吃壞肚子或者腸胃型感冒。

「不行！」向安婕下意識的就拒絕。

她怎麼可能讓真尊之子去到醫院，他的狀況早就應該上學，只是一直在評估的時候做手腳，才能夠留在家裡。一旦去上學，他會遭受更多人的歧視、欺凌，她怎麼可以忍受這種事？

而且神，是不會生病的。真神從凡人身上脫胎重生，也一樣是神，真尊之子沒有任何毛病！是這個世界沒有資格理解他！

向安婕雙手緊緊握拳，用力得眼睛都泛出血絲，態度強硬。

但真尊之子的狀況真的很不好，他吐完之後陷入昏迷，其他媽媽看不下去，七嘴八舌的討論，她們怕真尊之子真的死去，畢竟向老師常說，真尊之子現在是凡胎肉體，要小心照顧。

「向老師，我看這樣不行……」

「是啊，向老師，如果出什麼意外，真尊會原諒我們嗎？」

「我們還是去醫院看一下，比較安心吧？」

向安婕的威信在真尊之子面臨危險時開始動搖，她深深皺眉，作為神壇上的神，才是大家心裡仰望跟寄託的歸屬，而且只有真尊之子可以控制那些鬼魂，她不能失去這個吸引大家的誘餌。

「我帶他去，妳們留下來磕頭祈求真尊幫忙。」

向安婕終於鬆口，她只讓李依珊跟著，連蘇方琪都沒資格去。

蘇方琪站在窗邊，從樓上的窗戶看見計程車揚長而去。回過頭，道場裡的媽媽們已經跪成三排，不住的磕頭，聲音整齊劃一，像是她們心中最虔誠的祈求聲，希望真尊賜福，讓真尊之子平安無事。

她們從來不去揣測上天心中所想，只認為上天降下來的一切災難，全都是考驗，不管今天真尊之子會不會出事，那都是她們修行路上的考驗，她們作為虔誠的信徒，要想回到天上，跟在真尊身邊，跟兒女一起修行，就要面對所有的災劫。

災劫是懲罰，卻也是機會。

這是所有母親被向老師教導多時後，心中直覺反射湧起的信念。

一定要堅持下去，不管磕多久的頭都沒關係！

他們不能左右上天的決定，但可以盡自己的努力！

向安婕帶著真尊之子去了急診，很快的醫生就判斷出來他這是吃了過量的藥物，要不是向安婕臨機應變，說是自己的藥被真尊之子翻出來當糖果吃了，恐怕醫院都要報警處理。

雖然有許益路罩著，向安婕不是真的很怕鬧到警局，但在外面她總覺得很不安，想要趕快回到道場。

道場是她替真尊之子搭建的帝國城堡，也是她的安全堡壘。

「其實胃裡面都吐得差不多了。」醫生站在病床旁邊，護理師調整著點滴流速。

「點滴打完再觀察一下應該就可以離開。」

「謝謝醫生！」

「妳們自己當家長的要多注意一點，藥物不要放在小孩子隨手可以拿到的地方。」醫生皺眉，真的是當糖果吃了？血液中的藥物濃度高得不像話！但至少母親看起來是很關心小孩。

「我知道、我們以後會多加注意。」

向安婕終於安心，真尊之子來到醫院又吐得亂七八糟，但至少沒有被別人看出異樣，她跟李依珊前後跑來跑去的排隊、領藥、移床位，好不容易大半天過去，醫生才說大致上沒有問題，待會打完點滴就可以離開急診室。

李依珊現在去付錢了。

向安婕獨自待在急診室的布簾隔間內，她伸出手，輕輕撫摸著病床上昏睡的小男孩，現在看起來特別脆弱，完全看不出跟其他小孩不一樣的地方，看他連昏睡都還腫著眼皮，她終於忍不住心疼，很想把他抱起來，輕輕哄著。

但她很多年、很多年，都跟他說，你是神的孩子。

是從天上下來，只是從我的肚子裡出來，我不是你的媽媽，我只是你的教徒，跟其他人一樣，為了照顧你而生。

她說了很多遍，自己也相信了，但現在她還是會感覺到母子連心的痛苦，她伸出手，想把小孩抱起來，李依珊正好領完藥走回來，向安婕的手觸電般伸回。

「妳去找護理師，點滴快打完了，我要帶真尊之子回道場。」

她冷冷的看著李依珊，又回到向老師的身分。

要說服別人得先說服自己，常常有時候，她都以為自己編織的故事、說詞、真尊誕生的原因，全部都是真的。

她不知道，有人躲在隔壁床的簾布後面，靜悄悄的聽著、看著這一切。

躲在隔壁簾子後偷聽的人是周政。

醫院這邊還不知道他的停職公告，周政他們辦案時常常往來醫院，跟護理師都相當熟悉，他說向安婕涉嫌虐待兒童，要他們先查出向安婕帶來的孩子的名字。

「顏葦廷……」周政在護理站看著健保資料。真尊之子今年八歲，本名顏葦廷，向安婕的本名是向品蓉。

資料庫上還有歷年來看診的紀錄跟診斷結果，顏葦廷果然如蘇方琪猜測，有精神相關的疾患，包括自閉症、社交恐懼、語言退化等等。而父親是顏正學。

周政愣了幾秒，打開手機搜尋，很快得到最新新聞，顏正學即將參選市議員，他是知名的政二代，大街小巷都看得到他的海報跟旗幟。

這樣的人曾經跟向安婕結過婚？

周政再度委託吳為昕打聽這一切。

得知他們的本名後，向品蓉跟顏正學之間發生過的事情並不難打聽，吳為昕很快就帶回消息。

「我不知道該說殘酷還是難以理解。」吳為昕在開始敘說調查結果之前，先發表了評論：「其實故事很簡單，但向品蓉那個女人，瘋狂的程度一定超出你的想像。」

向品蓉的娘家蠻有錢，雖然沒有走政治圈，但仍然能跟顏家平起平坐，而向品蓉從小就是跟顏正學一起長大，小時候就在家族聚會認識，求學過程也都是同間私立學校，大學畢業後一起出國留學，在家長們的期望下，順理成章的開始交往。

接著在雙方父母的催促下結婚，終於生下了顏葦廷。

但顏葦廷的狀況不好，嬰兒時期看不太出來，慢慢長大就顯露出自閉症的多項症狀。他雖是高功能自閉症，但智商發展完全沒有問題，甚至比同齡小孩要來的聰明。

但他的心智年齡一直維持在四、五歲的狀態，喜歡的事物也相當刻板、重複，尤其喜歡跟幻想中的朋友說話，不願意與一般同儕來往。

自閉症診斷確定之後，顏正學就跟向品蓉提出了離婚。

他雖然願意付出贍養費，但也不願意顏葦廷成為他從政路上的絆腳石，老實說，他沒有辦法接受自己有一個這樣的小孩。

他還年輕，希望擁有更好的政治接班人。

顏葦廷的出生，對顏家來說是一個巨大的打擊，他們甚至開始懷疑是向品蓉的基因問題，才會生出這樣的小孩。

向品蓉沒有辦法辯駁，即使做了科學檢查，確認不是她的基因問題，顏正學也不會繼續跟他們母女在一起，她果斷的簽字離婚，帶著顏葦廷離開豪宅。

接著，她展露自己被吳為昕稱為瘋狂的部分——她決心要為顏葦廷打造一個可以永遠安居立命的帝國。

她將顏葦廷隱去姓名、拱上神壇，成為宗教國度裡，慈母真尊脫胎從她肚子裡生出來的神子，是謂真尊之子。

她要顏葦廷不准叫她媽媽。

她以對待神子的方式對待顏葦廷，顏葦廷懵懂無知，他不理解母親的轉變，可能也無法辨別，只能溫馴聽話，但最後向品蓉連自己也迷失了，她真的相信這一切，真尊之子就是這整個宗教帝國裡，唯一神的化身。

她隱於幕後，作為慈母真尊、真尊之子的僕人。

她反芻自身的傷痛，化作吸引其他母親的誘餌，她將各大宗教的派系整合、編篡關於慈母真尊教派的經典，她凝聚具有同樣傷口的母親們。

她理解她們身上的重擔，因為她也受到同樣的責難，她也被拋棄了。

被世間的男人拋棄、被社會的價值觀拋棄。

她們是母親，生下孩子的那一刻起，就要為孩子的一輩子負責。

她們被這個想法束縛，就此犯下大錯。

周政跟吳為昕推測。

向品蓉誘騙母親們一一殺害自己的小孩，再將保險金透過許益姍的手，逐一洗到自己的戶頭跟不動產內。

許益姍則讓許益路不斷的掩護這些案件，全都以意外結案，來獲得大筆財富跟驅除競爭路上的對手。

向安婕與教徒們，同時擁有加害人與被害人的雙重身分，因此隱藏在社會角落，不曾被揭發。

「我們去找他。」周政把手機上的顏正學參選海報拿給吳為昕看。「我覺得他是我們的切入點，這麼多年，他對妻兒不聞不問，就是要避免他們妨害自己的選情。」

「市議員啊……」

吳為昕對顏正學也有印象，是家族勢力龐大的政治人物，爺爺、父親都是在地的議員，顏正學這輩子沒做過其他工作，從國外留學回來之後，就直接投入選舉，繼承顏家的政治勢力。

「但他會幫我們嗎？」吳為昕很懷疑。

「如果他想順利選完。」周政肯定地點頭。「我們將他跟向安婕連結在一起，向安婕手上有大筆來路不明的信徒捐款，他與前妻的關係，會讓他的選民產生懷疑。」

「但對方勢力盤根錯節……」

「這是我們唯一的機會！」周政很堅定。

「你要怎麼做？」

「讓他跟向安婕搶監護權，向安婕唯一的弱點就是兒子，我們手上的證據不足以起訴她，我要讓她自首！」

周政很清楚，向安婕建立這個宗教王國，全是為了兒子，一旦兒子被前夫帶走，她可能連命都不要了。

為什麼周政明明是警察，卻要用這種方式逼迫向安婕自首，而不是想要找到更多的證據？

原因是他太擔心妻子蔡敏恩在道場會出事。

一想到妻子有可能把他們的女兒當作供品，他就幾乎要發瘋，無法保持冷靜。但只要向安婕向警方坦承所做的一切，慈母真尊教派就會從上到下的澈底垮掉，而他的妻子就能回家了。

他其實已經沒有能力追查下去，他被停職是事實，妻子不相信自己、不願意回家也是事實，這是他現在唯一能做的。

他不靠蒐集證據破案，而是準備威脅顏正學，以後顏家一定不會放過他，他可能也會被「意外」消失。

吳為昕看穿他想孤注一擲。

「顏葦廷其實很無辜，他根本不知道自己在做什麼，顏家如果順利帶回顏葦廷，恐怕會把他丟到國外去自生自滅。」吳為昕想起自己在急診室，透過簾子看了顏葦廷一眼，還是忍不住打冷顫。

「我沒有選擇了。」周政悲哀的看著多年好友。

＊＊＊

周政跟蘇方琪碰面，找上了顏正學。

顏正學不難找，他正準備選舉，已經成立競選辦公室，還搞什麼特定時段的地方服務，有免費的急難救助跟法律諮詢。

周政跟蘇方琪預約了其中一個時段，到了現場堅持不開口說清楚自己來的原因，只說要找顏正學，跟他兒子的事情有關。

過了一會兒，顏正學就讓他們進去辦公室裡，說是自己的客人。

周政跟蘇方琪終於如願坐在顏正學面前。

顏正學也沒有很著急，在辦公室的窗戶邊，稍微打開一絲縫隙，伴隨著窗外的車水馬龍聲，狠狠的抽了兩支菸，最後全部丟到窗外，嘴巴噴了幾下口腔芳香劑，才坐在周政跟蘇方琪面前。

「顏先生也是這樣把自己的小孩丟得遠遠的嗎?」蘇方琪面無表情的看著顏正學。

顏正學冷冷的笑。「關你們什麼事情,我跟我前妻是和平離婚,我還給了她一筆錢,協議給小孩子用。」

「所以你承認顏葦廷是你兒子囉?」周政問。

顏正學點頭。這沒什麼好不承認的,戶口名簿都查得到紀錄。「我沒做什麼虧心事,只是不清楚你們找我做什麼。」

「你沒做什麼,但你不知道你前妻做了什麼嗎?」周政緊緊盯著顏正學的瞳孔,果然在那一瞬間,顏正學的瞳孔放大了一些,但又隨即恢復正常。

「我不知道你在說什麼。」

「十幾條命案,數千萬的保險金,一場可笑的宗教謊言,你難道毫不關心?」

「那是她的事業,我要關心什麼?先生,你搞清楚,我們已經離婚了。」

「但她用你的兒子在外面招搖撞騙,說什麼真尊之子,還說可以讓活著的人見到死去的子女,每年收了多少的功德費,你覺得你的選民都不會在乎嗎?」

「關我什麼事!」

「你的選舉宣言,說你在乎社會福利,在意幼兒發展,希望打造文明社會,全都是謊言嗎？」

「在乎政客說的話，你會不會太天真？」

「你拋棄自己的小孩，只因為他是自閉症，你不覺得丟臉嗎？」

「他連話都不會說！」

「你根本沒盡到父親的責任，我們又為什麼要相信你？」

「你們信不信無所謂，我的選民相信就好，抱歉我的時間很寶貴，請你們離開我的辦……」

顏正學的話還沒說完。

周政拿出了錄音筆。

「……你們！」顏正學臉色猙獰，沒想到自己落入這麼無聊的陷阱。他嘴巴開闔了幾次，才吐出一句話：「她不是招搖撞騙。」

「難道顏先生覺得她做的事情是對的？」周政繼續追問。

顏正學又沉默了一會兒，走到自己的辦公桌，將螢幕旋轉過來，點開了一個檔案。

影片中，一張嬰兒床擺在房間的正中央，一個大概幾個月大的幼兒躺在床上，室內燈光柔和暈黃，可以看見房間布置得相當溫馨、整潔，兒童的衣櫃、小桌子、玩具箱，都已經提前入駐這個小主人的房間。

嬰兒自顧自的躺在床上，揮舞著小手，咿呀咿呀的說話，聽不清楚在說什麼，也可能沒有任何意義，但接著嬰兒床上的旋轉玩具，就開始轉了起來，先是緩緩地移動，像是有人撥弄著，一下又一下的轉著，接著慢慢的加速，不斷地轉圈。

旋轉玩具吸引了床邊嬰兒監視器的注意，發出了紅光，果然下一刻顏正學就推開門走進來，他困惑的看著旋轉玩具，將玩具拿下來，放到旁邊去，想抱起床上的嬰兒。

忽然，變故陡生。

所有的櫃子紛紛被推倒，顏正學的脖子好像被什麼東西掐住，力道之大，可以從影片中看見他的脖子陷了下去，他不由自主的往後倒，手裡還緊緊抱著嬰兒。

他神智不清，即將昏過去，終於嬰兒墜地，哇哇大哭。

一切趨於平靜，他跪在地上，猛烈咳嗽，看著地上的嬰兒，嚇得臉色慘白，什麼話都說不出來。

看完影片的周政跟蘇方琪，也說不出話來。

「這樣的事情不只一次。那個孩子……是惡魔。」顏正學艱難地吐出這句話。

顏正學又回到窗邊去抽菸，好像這時候只有菸霧跟尼古丁可以讓他平靜，重新從那些夢魘中抽身。

「但這不是你繼續讓她利用妳兒子的原因！」蘇方琪有些激動。「我知道你說的是真的，你兒子可以控制鬼魂，但他什麼都不懂，你知不知道他害死了多少人！」

「我又能怎麼樣？」顏正學搖頭。「我們找過很多方法，驅邪、受洗、看精神科、試圖控制他，但他差點把我們全家人都殺了，包括我爸、我媽！」

「他需要你的幫助。」蘇方琪低聲：「他現在沒有那麼危險了。我在道場好幾個月，已經沒有看過他失控殺人。你如果願意跟法院訴請監護權，或許有機會救他。」

「我沒辦法、我……」顏正學痛苦的搖頭。

「顏先生，這是你的責任，你是他的父親，你不可能眼睜睜看著他一直犯錯。」周政試圖說服，他一咬牙。「慈母真尊教犯下越多錯，你日後的政治生涯越危險！」

「……對不起，我真的幫不上忙。」

顏正學走向辦公室的門，他以行動告訴兩人，談話到此結束。

蘇方琪忍不住大喊。「他們也殺了我的女兒！」蘇方琪咬牙切齒，「你兒子操控鬼魂，讓鬼出現在我家，害我在幻覺中，親手把我女兒推下樓！」

顏正學愣住，他深呼吸，臉上有些掙扎。

終於，他又走回電腦前，繼續按下播放鍵。

畫面中，大家只注意到顏正學坐倒在地上痛苦的神情，沒有發現剛剛的嬰兒床旁邊，有張擺在角落的沙發，向安婕……不，向品蓉慢慢站起來，她的表情看起來很不對勁。

她走向顏正學，此時門被推開，有個年紀稍長的女人慌張失措的想靠近顏正學，但下一瞬間，卻被向品蓉伸手掐住，向品蓉力氣很大，女人直接撞上牆壁，而且燈泡瞬間破碎，其餘的玻璃櫃也隨著爆裂。

女人被飛濺的玻璃刺中頸動脈，噴灑出大量鮮血，幾十秒後軟倒在地上。

此時顏正學才終於反應過來，衝出房間。

「向品蓉也有相同的能力，她身邊一直都有鬼，她早就不是第一次製造意外來控制鬼魂。」

周政跟蘇方琪都目瞪口呆，被嚇得說不出話來。

周政感覺自己喉嚨又乾又癢，他沙啞著問。「那個女人後來呢？」

「她是我家的女傭，後來以意外結案。」顏正學搖頭。「我們沒有把這個影片交給警方，我只要求跟向品蓉離婚。」

「所以你從頭到尾都知道她有多危險？」蘇方琪尖銳的問。

「不然妳要我怎麼樣？」顏正學反問：「難道我的命就不是命嗎？我們交往很久，但我從來不知道她這一面，她說是因為產後憂鬱的關係，才會讓她控制不住自己，但我可以相信她嗎？再有下一次，死的人就是我！」

一陣漫長的無聲，讓幾個人都露出疲態。

「你把這個影片給我。」周政起身，走向電腦。「這是你唯一能做的，也是你一定要做的。」

顏正學揮了揮手，算是疲憊地同意了。

這麼多年來，他身處於這個巨大的惡夢中，從來沒有清醒。

如果交出影片，能夠阻止向品蓉，不管接下來會面對什麼事情，也算是讓自己的惡夢有一個機會劃下句點吧……

九、母親的願望

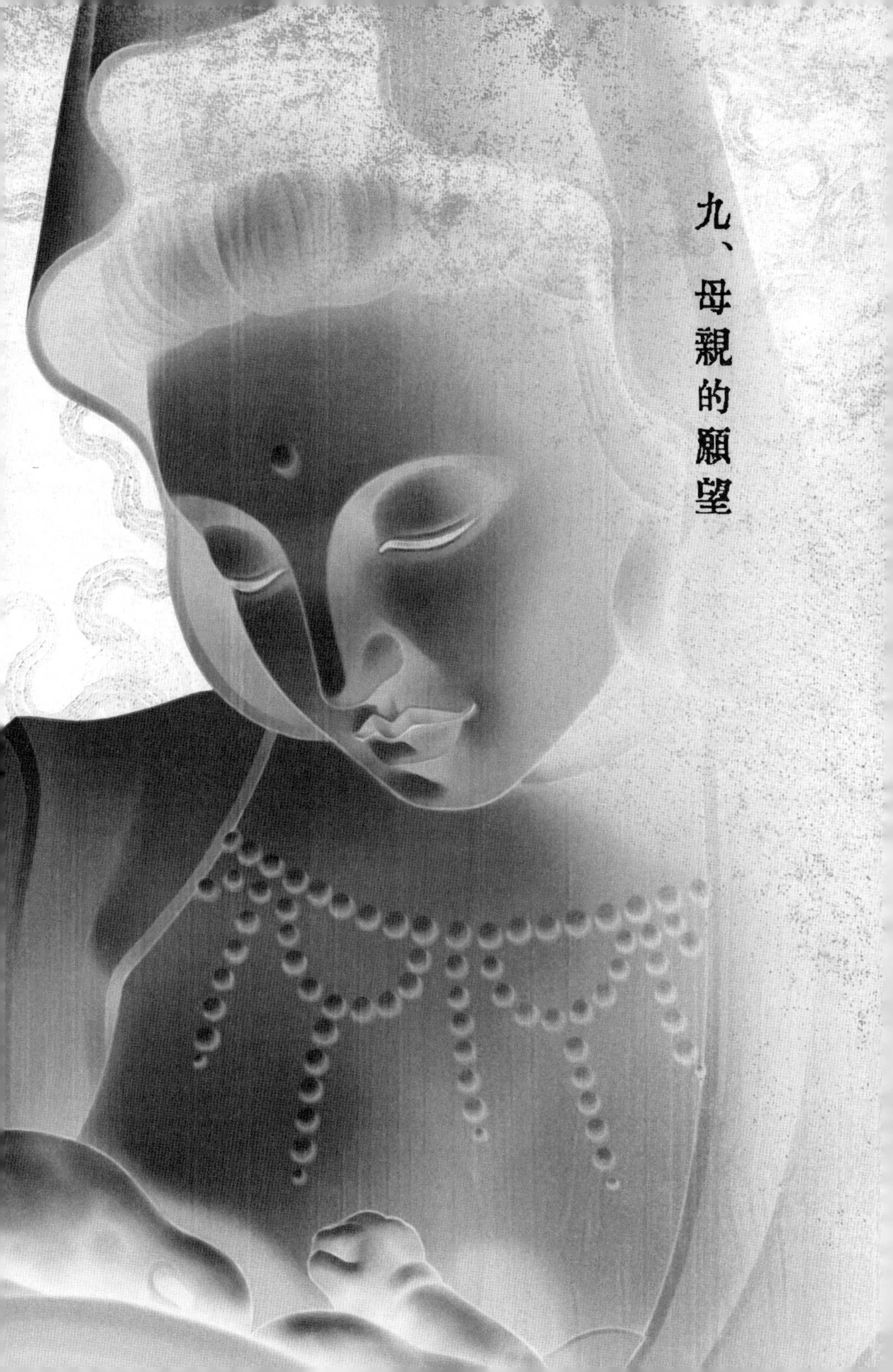

周政拿走了顏正學給的影片，直接交由台北市刑事局調查，他不想再讓許益路干涉這些事情，他已經盡力找到盡可能多的證據了，不願意再被人為因素破壞案件調查。

因為涉嫌殺人，刑事局很快立案調查，他們直接進入慈母真尊的道場，帶走向安婕跟房間內的保單跟帳戶清冊等等證物。

向安婕被帶走的時候，跟蘇方琪擦身而過，蘇方琪緊張得渾身繃緊，什麼話都不敢說，但向安婕卻好似沒事般，只輕飄飄地丟下一句話。

「妳不想再見到妳的女兒了？」

蘇方琪如墜冰窖，她知道向安婕的意思，只要向安婕被帶走，慈母真尊教被瓦解，她就再也見不到自己女兒，但她環顧四周，盧佳慧終於被放出來了，遭受了巨大的打擊，眼神開始逃避人群，身上也全是傷痕。

蘇方琪告訴自己，她已經做出了選擇，不可能回頭。

這是活生生的人命啊！

蘇方琪看著向安婕被帶上警車，真心的希望事情就此告一段落，其他媽媽們心裡不安，李依珊仍然照顧著真尊之子，道場一時之間人心惶惶，誰都不知道如果向老師不在了，慈母真尊還會不會庇佑這裡？

＊＊＊

「這些保單可以證明妳跟這些孩子的死都有關係。」

偵訊室裡，警察將保單甩在向安婕面前，試圖要她招認犯行。

「有什麼關係？」向安婕不為所動，「這是我們教派的規定，要將孩子們的保單繳交到中心，由中心統一管理，這也是為了孩子們的福利著想，希望可以讓他們受到更好的照顧。很多保費還是由我支出的。」

「妳不要講得這麼簡單，那這些死掉的孩子呢？保險金是不是都到妳口袋裡了？」

「那是信徒們自願奉獻的功德費。」向安婕沒有否認，她很清楚，根據現行法律，她完全沒有犯法，這些都是信徒自願給予，用途也全用於教派使用，她自己沒有任何房產跟錢財，所有的錢都存到了以宗教名義開設的戶頭。

當然，唯一可以動用的人只有她；可以繼承的人，也只有她的兒子。

偵訊警察站起來，居高臨下的看著向安婕。「我們已經掌握多數證據，包括毒品的來源、監視器的影像、死者的交友狀況。」

「他們本來就是高風險青少年，意外死了也不讓人驚訝。」

「不對，發生在他們身上的事情不是意外，而是謀殺！」

向安婕絲毫不畏懼。「那你們該去找兇手。」

「兇手就是妳，妳有完整的犯罪動機跟獲利，妳吸引這些孩子的母親入教，簽下保單，接著一一將他們殺害，以獲取保險金。」

向安婕笑了。「那你們應該也知道，跟孩子們最接近的人不是我。」

偵訊的兩個警察都愣了。「什麼意思？」

向安婕還是笑，不肯多做說明。

但外頭傳來急促敲門聲，另外一名警察進來，緊急喊停向安婕這邊的偵訊。

因為刑事局來了很多母親。

全是慈母真尊教派的信徒，她們帶著自己的犯罪證據過來自首，她們說，殺害小孩的人是她們，跟向老師一點關係都沒有，她們願意交代一切，但唯一的條件是要讓向安婕離開這裡。

整個刑事局裡的警員都不敢置信。

這麼多的母親，這麼多的加害者，她們言之鑿鑿，是自己殺害了親生子女，就算是辦過諸多大案的刑警們，也全部感到不寒而慄。

刑事局從上到下，迫切的想知道到底發生了什麼事。

而讓她們開口的唯一條件，得讓向安婕離開這裡。

刑事局很快的召開緊急會議，結論是務必在記者聞風而來之前，快速地先釐清案情，以免自己處於被動狀態，讓記者先捕風捉影的亂寫一通。

因此向安婕在被捕之後的五個小時內，離開了警局。

當然刑事局仍然派出刑警跟監，也通知了航警局，密切注意不得讓向安婕出境。

而接下來的證詞，就如同地獄的景象一般，逐一展現在這群刑警的面前。

「我知道她的針筒都放在哪裡，我多打了幾支而已。」

「他改車改成那樣，我只不過是剪斷了煞車線。」

「她本來就有吃安眠藥的習慣，我只是在晚餐裡面又放了更多。」

「跳樓是我推下去的。」

「我給了開車的人一半的保險金。」

「他爸爸不知道。」

「向老師沒有叫我們做這些事情。」

「你問我為什麼？他造下那麼多殺孽，一定要回到真尊身邊修行。」

「我要對她負責，她是我生的！」

「不然你要我怎麼辦？他這樣下去死後要下地獄啊！」

無可動搖的信仰，駭人聽聞的殺機，毫不猶豫的母親。

引發了這一連串的慘劇，十幾個加害者一同投案自首，今晚的刑事局燈火通明，所有休假中的人員都被召回，而他們現在最想抓的人，卻已經離開了警局。

向安婕待在道場內，平靜地講課。

她早就想好這一切，無論外界怎麼攻擊她，都動搖不了她的位置，的確越早曝光，她能夠為兒子累積到的財富就越少，但現在這樣也就夠了，而且只要她平安無事，這個教派就不會消亡，總會有更多走投無路的母親，需要一個出口。

慈母真尊，就是她們最好的出口。

無論外界做什麼，全都不可能與信仰的能力抗衡，死去的孩子親眼回到面前，就是最強的說服力。

與其讓他們活著繼續做更多壞事，不如死了。

這是母親們心底隱晦的秘密。

在真尊身邊修行，只是一種寄託，更深的欲望是，想殺了孩子，不想再被社會、被家人責怪。不想再讓自己的生命，永遠的與罪孽掛鉤。

不用再擔心下去，可以就此解脫。

對吧？

妳們不敢說出口的事情，在妳們的行為中，全都一清二楚了。

現在替我頂罪，也只是滿足妳們最後為了子女們奉獻的心態。

不，不能說是頂罪，真的殺了小孩的人，本來就是妳們。

自己只不過是在蠟燭上輕輕吹氣的人，而蠟燭的火焰要熄滅，或者更加旺盛，全看蠟燭的想法啊。

向安婕離開警局的事情，周政跟蘇方琪在第一時間就知道了。

他們不得不驚愕向安婕的能力，竟讓所有母親，都願意替向安婕獻身，他們更對自己這陣子的努力感到心灰意冷。

向安婕的確不是親自下手，頂多是教唆殺人，但這些東西只要沒有母親願意作證，外人都無從證實教唆的程度到哪裡。

只有蘇方琪站出來指控向安婕，指派過李依珊到自己家裡來，說服自己替黃曉真施打毒品，但她的話不僅沒有證據，也沒有母親願意承認李依珊也曾經因為類似原因而上門拜訪她們。

母親們全數都說，是因為孩子太叛逆、不乖、難以管教，才會做出這樣的決定。甚至有些警員翻開他們孩子的前科紀錄，都會忍不住感同身受，如果自己是眼前這些可憐的母親，或許也會做出如此心痛的決定。

偷竊、吸毒、強暴、殺人未遂、妨害自由、公共安全……

全都是社會的毒瘤，即使成年之後，脫離了少年保護法的範圍，也會很快地進到監獄裡去。

最後的最後，能夠洗心革面的人真的太少了，只會在監獄裡遭遇黑道吸收，從此人生再也沒有光明，澈底走上歪路。

不過就算是可以理解這些可憐的母親，母親們犯下的罪責仍然情節駭人，殺害血親小孩也屬於可以加重刑責的項目，她們做完筆錄後就遭到收押，等待檢察官正式起訴。

***

只有周政跟蘇方琪知道，不僅如此而已。

蘇方琪跟周政在調查道場內部的事情已經完全曝光，蘇方琪甚至不敢回去道場，她知道自己女兒的鬼魂，還在向安婕的控制當中，如果她回到道場，向安婕很有可能會立即施予懲罰，在她面前折磨曉真，甚至讓曉真魂飛魄散，以此來讓蘇方琪懊悔萬分。

因此蘇方琪只好躲在外頭，暫時居住在旅館內，只敢跟周政保持聯繫，希望事情還能有所轉機，警方可以找到更多的證據，證明向安婕與孩子們的死有關係。

與此同時，周政意外地接到妻子蔡敏恩打來的電話。蔡敏恩早就不願意跟他有什麼交集，頂多偶爾回覆幾句通訊軟體上的訊息。

「你根本就是想毀了我的人生！」電話一接起來，蔡敏恩歇斯底里。她大吼：「你完全不知道我為了這個家做了什麼！」

周政好不容易接到妻子電話，趕緊抓住機會安慰蔡敏恩。

「妳先回家，我們好好談好不好？」

「談什麼！你根本不在乎我們！」

「妳到底在說什麼，我承認我工作很忙，很常忽略妳們，但我願意改，妳回來好不好？我拜託妳……」

「如果你真的可以理解，你就知道現在最重要的事情是什麼。」

「我不知道，但妳可以告訴我啊！」

「你傷害了向老師，你根本是惡魔！」

「向安婕做了很多傷天害理的事情，她殺了很多人，妳回來，我給妳看證據。不！我們離開這裡，我帶妳去國外，只要妳願意，我們可以在國外展開新生活。」

為了妻子跟女兒，周政是真心願意放棄現在所擁有的一切了。

「來不及了。」蔡敏恩的聲音轉為冷淡：「你這樣對待向老師，我一輩子都不會原諒你。」

「妳不原諒我也沒關係，我們的女兒呢？你到底把她帶去哪裡！」

「你不知道她的真面目，都是因為她，才會讓我們走到現在這個地步。」

周政快要抓狂。他用力的扒頭髮，恨不得可以穿過手機的話筒，去用力搖晃自己的妻子。

他只能強迫自己冷靜下來。「妳把事情怪給一個嬰兒做什麼？」

「前世因果、今生所受。」蔡敏恩喃喃念著：「欲知前世因，今生受者是；欲知來世果，今生作者是。」

「我不知道你在說什麼……」

「她是來討債的。」蔡敏恩掛斷電話前講了最後一句：「我要讓她回到真尊身邊去修行，這也是你要付出的代價。」

電話掛斷了，周政整個人幾乎要發瘋，自己的妻子終究還是喪心病狂，變成了跟警局那些人一樣的存在了，她連自己的小孩都想拋棄，完完全全的被向安婕所洗腦。

周政慌不擇路的抓起鑰匙狂奔下樓，打算直接去找向安婕！這是他現在唯一想得到的辦法了，不管付出任何代價，他都要挽救自己女兒的性命。

而另一頭的蘇方琪緊緊握著手機，也不敢置信自己聽到了什麼。

電話裡的盧佳慧告訴她，自己膽小的媽媽忽然要開車載著全家出遊。徐品蓮是有駕照的，但那是在很多年以前考到的，她平時根本沒有開車的習慣，現在開的車也是臨時從租車行租來的。

「她說要帶我們去花蓮。」盧佳慧左顧右盼，她待在後座，徐品蓮剛到休息站，離開車子去上廁所，不知道什麼時候會回來。「她開車好恐怖，我快要嚇死了。」

「妳先下車，找個地方躲起來，我去接妳！」

「不行。」盧佳慧很堅持。「弟弟也在車上，我走不了。我不知道我媽想幹麼，她看起來不太對勁。她剛剛邊開車邊哭。」

「她要帶妳們離開道場？」蘇方琪只能往好的方向猜測。

「不可能。」盧佳慧壓低聲音。把手機藏在袖子裡。「她在車上的時候有打給李阿姨，她說已經按照計劃開到宜蘭了。」

「按照計畫……」蘇方琪心一沉，李阿姨指的是李依珊。

向安婕竟然要在這個時候動手！

「蘇阿姨，他們到底想做什麼？」

盧佳慧的聲音透露著惶恐與不安。她看著身旁自顧自玩著玩具的弟弟，弟弟對外界毫無反應，如果貿然打斷他的行為，就會引來驚天動地的哭喊，盧佳慧實在沒有把握，可以帶著弟弟躲起來。

蘇方琪深呼吸。

「佳慧，妳聽阿姨說。妳媽媽很有可能想殺了妳們兩個，我不知道向老師給她的計畫是什麼，妳們現在又在車上，一定要萬分小心，妳儘量找機會，帶弟弟走！」

「我要怎麼做……」盧佳慧不敢置信。

「妳把位置連線分享給我，我現在就去找妳們！」

「好、好。」盧佳慧哆哆嗦嗦的放下手機，剛好從車窗的玻璃反射，看到徐品蓮走回來，她立刻反射性地藏起手機。

徐品蓮打開車門，把一袋零食拿給了後座的姐弟倆。她沒有回頭，不太熟練的再次開啟車子，轉出停車場，連續擦撞了好幾台車，才上到高速公路。

「妳們分著吃吧。難得有錢買妳們喜歡的零食，平常在道場也沒什麼機會讓妳們吃到……」

盧佳慧從後照鏡中，又看到徐品蓮流下眼淚，這讓她更不敢拿手上的零食了。

「媽。」盧佳慧試探地叫：「我們要去花蓮哪裡啊？」

「啊？」徐品蓮愣了愣。「我不知道……就一直開下去，要停下來的時候，李姐會跟我說的。」她神情恍惚，讓盧佳慧更不安。

「我們回家好不好？」盧佳慧哀求：「回去道場也沒關係，媽，我不想去花蓮玩！」

徐品蓮這次轉過頭來，輕輕地摸了摸盧佳慧。

「不要怕，我們真正的家，快到了。」

看著母親徐品蓮神情恍惚的樣子，盧佳慧真的很害怕。

她不知道母親會在什麼時候痛下殺手，母親的目標又會是誰？

是她還是弟弟？

不，應該是她！

一直以來都被向老師討厭的自己，頑劣又難以教化，只會向母親討債，讓母親負擔更多的因果，所以……向老師決定，自己也要變成道場裡那些居無定所、毫無回憶的幽魂了嗎？

盧佳慧渾身顫抖，她把手機藏在口袋裡，不敢被徐品蓮發現。

她將自己的即時位置分享給蘇方琪，手機開始逐漸發熱，她希望蘇方琪可以趕快找到自己，但也不知道如果她跟著蘇方琪走了，弟弟會不會有危險。

她腦中的思緒亂成一團，不斷地在高速公路上左顧右盼，終於看見了一大片的海水，跟天空連在一起，漂亮的讓人移不開眼睛。

徐品蓮好像一下子鬆了一口氣，她放慢速度，甚至還轉開廣播，剛好廣播電台在播放老歌，她有點回味的聽著歌曲，看窗外的海，細聲細氣的開口。

「以前我剛跟妳爸在一起的時候，他也常帶我來花蓮。」
盧佳慧不知道能說什麼，只能勉強自己回應。
「我不知道媽還會開車。」
「會啊。」徐品蓮看著後照鏡笑。「妳爸教我的，還幫我付考試的錢，沒想到我真的考過了。」
「他對妳這麼好？」
其實盧佳慧對父親的印象很單薄了，她只記得父親很常動手打人，尤其是喝醉酒之後。但她父親清醒的時候也不是什麼好丈夫，從來沒把自己賺的錢拿回家，家裡都是靠舅舅接濟，後來舅舅在工地意外過世之後，媽媽就投靠向老師的道場了。
「他投資還沒失敗的時候，其實對我很好。」
這些年以來，徐品蓮一直待在道場，對於向老師以及慈母真尊教深信不疑，老師說過，也是因為盧佳慧帶有因果的關係，才會在她出生之後，舉家諸事不順，連帶讓自己的丈夫工作不順。
她不知道這些事情是不是真的，她只是深深的恐懼著，自己養大的小孩會變壞、會做出她想像不到的事情，但不管向老師多麼嚴厲的教導，這個孩子還是聽不進去。

所以當向老師透過李依珊，來告訴自己，時間已經到了。

那時候，她真的也覺得就是這個下場了。

盧佳慧該去真尊身邊修行了。

自己作為母親，已經沒有辦法了。

包括小兒子，也同樣的帶有罪孽，才會變成現在這個樣子。

「我知道妳在道場一直都不是很開心。」徐品蓮又說。

「媽，只要妳同意讓我去念大學，我以後自己打工賺錢養妳們，我們不一定要住在道場裡啊！」

「老師常常問妳，人生的目的是什麼？妳一直都沒有答案。」

盧佳慧有點煩躁，又來了，人生到底要有什麼意義？她連活著都很困難了！

向安婕給予大家宗教使命感，說她們的人生，就是為了宣揚慈母真尊教，這只是因為想獲得大家的支持，讓她們不覺得自己的人生毫無用處，向安婕才能因此獲得更大的權力跟更多的金錢！

「我不想知道這種事！」她硬邦邦的回答。

「是我沒把妳教好。」徐品蓮說話開始顛三倒四。「但小時候的妳，還是很乖的，可能是冤親債主還沒找上門來，唉。」

「……妳講這些幹麼？」

「我只是覺得我這輩子很失敗，嫁給妳爸，又生下妳們，一點都沒有對真尊有什麼貢獻，不過真尊說，以後你們跟著祂修行，下輩子還有彌補的機會，這樣我的罪孽也不算太重。」

「什麼意思？我聽不懂。」盧佳慧心裡一涼。她往後照鏡看，後面好像有警車靠近，她腦海中不斷響起蘇方琪說的，媽媽可能要殺了自己？

「老師說，妳跟弟弟去就好了，我還要留下來做別的事。」徐品蓮開始哭，「但我不想一個人活著了，要是妳們都不在了，我也不想活了。」

盧佳慧真的越聽越害怕，而且她注意到，徐品蓮的車速越來越快，這可是在海邊的山路啊！

「媽，妳冷靜一點，妳先停路邊。」

「來不及了。」徐品蓮搖頭。「老師說，就是今天了，她可能要帶著真尊出國，妳們不趕快跟上這班修行末班車，以後也沒機會了。」

盧佳慧深呼吸，心裡顧不上罵人，到底說這些都是什麼東西？向安婕被抓進警局的事情她也知道，向安婕是要出國避風頭吧！

「媽，妳不要鬧了，聽我說，她根本就是在利用妳們！」

徐品蓮不斷搖頭。「是妳聽不進去，被蒙蔽了，以後去真尊身邊，妳就會感激我了！」徐品蓮注意到後方有警車逐漸靠近，「妳以後在真尊身邊帶著弟弟好好修行！」

她看見警車，心中心虛，牙一咬加快車速，開始在山路上飆車，後方的警車只能毫不顧忌的打開車上的警鈴，鈴聲大作，還出動擴音器，要他們快點在路邊停下來。

但徐品蓮卻置若罔聞，越發加速，甚至在一個大彎道時，就要往山邊護欄衝出去。

盧佳慧嘶聲尖叫，護欄就在眼前！

但下一秒，刺耳的槍聲響起，車子爆胎，他們險之又險地停在撞開的護欄邊，只差一點，車子就要掉下去了！

弟弟終於大哭了起來，盧佳慧看到蘇方琪趕過來，也忍不住大哭。

徐品蓮被警察攙扶著下車，整台車還在山崖邊搖搖欲墜。

一家人都被帶回了附近的警局。

徐品蓮坦承不諱地說她想帶著全家去自殺，她的理由是沒有錢，捨不得兒子跟女兒受苦，她又沒有什麼能力賺錢，但怯懦的她，卻還是對這幾年住在道場的事情跟向老師的指令隻字不提，只把錯都攬在自己身上。

蘇方琪雖然早就可以預知這個後果，但她仍然不免感到失望。而且她從盧佳慧那邊得知，向安婕有想要出國的打算，盧佳慧一家的保險金應該是她想要撈走的最後一筆。

等警察暫時將徐品蓮收押，盧佳慧跟弟弟都由社工機構接手後，她立刻告訴周政。

「我要立刻回台北一趟。」

周政不懂，「妳要回去幹麼？」

「今晚是降臨之夜，是個很好的機會。」

「什麼意思？」

「我對道場很熟悉，或許可以偷偷進去，降臨之夜有種特別的薰香，會讓大家都失去行動能力，你在道場外面等，我找機會讓你把蔡敏恩跟你女兒帶出來。」

「太危險了吧，向安婕已經知道你是叛徒，還聯手跟我一起找她的罪證！」

「你剛也聽到了，向安婕可能要出國，她這次逃了，就不一定抓得到她！」蘇方琪很堅決。

周政看著蘇方琪的神情，心裡暗暗有著不祥的預感。但事情關乎自己的妻子跟女兒，他還是答應了。

「我載妳回去。」

蘇方琪坐上後座，她心裡想，這個漫長的惡夢，終於要結束了。

＊＊＊

今晚是降臨之夜。

那股迷離的香氣又濃郁了起來，所有不在刑事局的的母親們，上完供後，再度陷入恍惚狀態，她們執拗的盯著屏風後頭的人影，希望可以再次看見自己死去的孩子。

雖然有不少人被收押禁見，但向安婕迅速的補充了幾個「目標」，都是像蘇方琪這類，子女失蹤或者子女行為極度頑劣的母親，她們將來會是向安婕最忠實的信徒，最好的供奉者。

但今晚的向安婕跟真尊之子，在上獻儀式結束後，卻一直沒有出聲，大家不得不慌張了起來，交頭接耳，窸窸窣窣，害怕真尊是不是因為向安婕被警察帶走的事情而發怒，將要降罪於大家？

都是他們的錯，沒有保護好向老師。

大家惶恐不安的低聲交談，但沒想到屏幕後方的人影出現了兩個成人，蘇方琪的聲音傳了出來。

「妳們真的以為自己有選擇嗎？」

母親們愣住，外邊的李依珊，即使因為熏香的關係而手腳疲軟，也很快地推開屏風，大家瞬間倒抽一口氣。

「天哪！」

「蘇姊妳瘋了嗎？」

「為什麼要做這種事！蘇姊，妳快放下刀！」

蘇方琪拿著刀，挾持著向安婕。

旁邊的真尊之子仿若一無所知，仍然讓母親牽著手。平常他一派天真無邪的樣子，被向安婕悉心照護，看起來宛如聖子，現在卻看起來有種令人驚駭的冷血無情。

只有蘇方琪知道，真尊之子，在向安婕的撫養下，已經封閉了自己的心，只跟鬼魂說話，完全無法與常人正常對談。

但蘇方琪偷偷地養成了制約他的一項行為。

只要真尊之子打開窗戶，就給他一顆糖果。

她瞞著向安婕跟李依珊，偷偷訓練真尊之子。

蘇方琪很清楚，按照慣例，在降臨之夜之前，向安婕、李依珊還有自己，會在小會議室清點今天的供品，分別登記是誰送上來的黃金、珠寶、現金等物品的價值，要在待會的降臨之夜，給予相對應的回報。

這是向安婕的一種手段，也是讓母親們互相競爭，送上更多供品的方法。

而這時候，真尊之子會單獨留在廚房吃晚餐。

那裡，有一扇落地窗，聯通隔壁的陽台。

蘇方琪花了很長的時間，偷偷訓練真尊之子，只要一聽到三下敲玻璃的聲音，就要立刻過來打開落地窗，完成之後可以得到一顆糖果。

她知道自閉症的孩子，會非常固著於一項行為，只要養成他的習慣，真尊之子一定會按照習慣替她開門。

而這也是她今天有機會潛伏在道場內，提前制服向安婕的原因。

「我曾經跟妳們一樣，以為自己有選擇。」

蘇方琪的聲音在寬敞的道場響起，所有母親都面面相覷，看著向安婕。

李依珊想過去，卻被蘇方琪抵在向安婕脖子上的刀再次逼退。

「讓她說。」向安婕一臉冷淡。

蘇方琪渾身顫抖，真正走到這一步時，她其實比自己想的要害怕很多。

那是她不敢面對的事情。

她按下自己身上的手機，曉真的聲音傳出來。

「媽！是我！」曉真的聲音透過手機，放大，而她的哀求跟恐懼也更加劇烈。

「不要、放開我！」

「走開，我不准妳碰我的女兒！」

「媽！救我！」

「去死，妳們全都去死！」

「到底關妳們什麼事，這是我的家，這是我的女兒，誰都不准說她永世不得超生，就算她身在地獄十八層，我也願意下地獄陪她！」

「媽……」

「曉真？」

「一切都過去了。當作我們從來不曾當過母女。」

接著是重物墜地的砰然巨響。

錄音到此結束。

蘇方琪在囚禁曉真的時候，在曉真的衣服內側縫了監聽器，曉真一直都知道這件事，所以她在死前，將監聽器扯下來，丟給了蘇方琪，而蘇方琪就這樣抱著這段錄音檔，反覆、反覆地聽，不斷、不斷地折磨自己。

她始終不明白，自己為什麼會錯將女兒誤認為鬼，直接推下樓？

直到她終於理解一件事，她早就是被向安婕選擇的人，女兒曉真是必定要死的，才會讓她因為女兒的鬼魂，而永遠待在道場、信奉慈母真尊教、追隨向安婕。

那天的幻覺，不只是幻覺，而是向安婕操縱的鬼魂。

「就像妳們，不管妳們的小孩人在哪裡，現在在做什麼，只要妳們待在這裡的一天，妳們就會殺了他們。」

蘇方琪悲哀的說。

向安婕仍然不為所動。「真尊給我們機會，懺悔這輩子的罪惡，死後待在祂的身邊修行，是無上的……」

蘇方琪大吼。「我們的孩子到底做錯什麼！」

蘇方琪的刀陷入向安婕的脖子，割出一道血痕。「我們只是生下他們，沒有權力替他們決定人生，我們自以為有罪，為什麼要傷害他們！」

「妳這是汙衊真尊！」

向安婕的發怒，讓底下的母親搖搖欲墜的跪下，濃郁的香氣還在持續發散，開始有母親搖搖晃晃，倒在地上。

「妳不相信人身難得，此生來世是有功課要修，妳的一生有什麼意義？」向安婕嚴厲地問。

「我的一生目標，就只有希望曉真快樂。」蘇方琪的淚水還是湧了出來。「無論她好、她壞，她是獨自的個體，我教不好她，是我的錯，但不是她的，沒有任何母親能夠殺害小孩，只為了消滅自己的罪惡感。」

「持續下去，因果纏身，成豬成牛，成狗！」

「即使妳看透因果，卻得不到愛！」蘇方琪拉過真尊之子，「妳給過他愛嗎？妳把他養成真尊之子，妳有沒有問過他，這是他想要的人生嗎？」

蘇方琪用力揮舞刀子，「還是妳也覺得，他根本是個瑕疵品，應該被藏起來，最好被殺掉！」

向安婕露出猙獰的臉，蘇方琪竟說中她午夜夢迴的痛楚！

「妳什麼都不懂！」

向安婕激動起來，掙脫蘇方琪，李依珊趁勢衝過來，一把撞倒蘇方琪，但蘇方琪手上握著刀子，順勢插入李依珊的腹部。

蘇方琪看著向安婕拽著真尊之子往外跑，她驚慌失措之下，直接抽回刀子，往前追趕。

向安婕用力扯門，但大門早已被蘇方琪從外頭上鎖。

其他母親看到，紛紛跑上去，想要保護向安婕。

蘇方琪臉色發白，只能揮舞著刀子，薰香對大家影響很大，很多母親都被砍傷在地，蘇方琪的刀已經伸到了向安婕的背後，向安婕一把抓過旁邊蔡敏恩懷裡的嬰兒。

「不要過來！」

向安婕作勢要掐死嬰兒。

嬰兒剛出生沒滿半年，脖子還很脆弱，向安婕的手牢牢握住嬰兒脖子，嬰兒開始啼哭，這聲音讓蘇方琪稍微回神。

「妳、妳去自首！」蘇方琪揮著手上的刀。

「不可能！」

其他的母親持續被砍傷在地，還能掙扎的，也都不肯放棄的爬過來，她們抓住蘇方琪的腳，蘇方琪被迫不斷拿刀子刺入對方的身體，又狠狠拔出來，血濺得滿身都是。

宛如地獄惡鬼，不管是蘇方琪還是信徒們。

「我不會讓妳走的！」蘇方琪大吼：「妳還要殺死多少個曉真，還要製造多少樁悲劇！」

「妳說過的，我們沒有權力決定孩子的生命。」向安婕舉起嬰兒。

蔡敏恩終究哭了出來，哀求的巴著向安婕。

「放我走，不然我殺了她！」向安婕威脅蘇方琪。

蘇方琪深呼吸，她慢慢地冷靜下來，她撥通了手上的電話，門很快地被從外面打開。

進來的人是周政，他瞪大眼睛，不敢相信眼前的畫面，所有的媽媽都倒在血泊當中，自己的妻子抓著向安婕的褲腳哭喊。

周政沒有選擇，對準手上拿刀的蘇方琪，慢慢舉起了槍。

***

周政舉著槍，要蘇方琪放下手上的刀。

蘇方琪對他搖頭，事情已經無可挽回，她只是想要停止母親們殺害孩子的行為，但只要向安婕在的一天，這個以母愛為名的宗教勒索，就不會停止。

甚至到了這個時候，她更清楚的認知到，只要這個社會，仍然把「教養孩子」當成專屬於母親的職責，女人們的罪惡感跟痛楚，就永遠不會消失。

從大家前仆後繼的衝過來，即使可能被刺傷也要保護向安婕的行為裡，她終於知道，真正的兇手不是慈母真尊也不是向安婕，而是大家需要一個出口，需要自己能做什麼，才能讓孩子變得更好的出口。

但不是這樣的。

這世界上有太多的因素影響著孩子的發展，教養不只是母親，不只是家庭，不只是學校，不只是社會，而是由很多種因素結合起來，最終導致的結果。

作為母親的身分，只能給予愛，給予足夠的支持，然後放手。

但向安婕是這份恐懼的催化劑，慈母真尊教派必須永遠消失，雖然會有下一個操縱這份恐懼的人出現，但蘇方琪現在唯一能做的事情，就是阻止向安婕。

「大家都殺了自己孩子。」

蘇方琪對著周政絕望的開口。

「包括她。」蘇方琪指向蔡敏恩，「終有一天，她也會覺得孩子不夠好，覺得如果一切重來，她的人生才有新的可能。」

蔡敏恩已經哭倒在地，她拚命搖頭，但她其實知道自己這些日子以來，的確有過這種想法，尤其是知道自己所生的小孩，被向安婕斷定為來討債的對象時，她真的想過要殺了孩子。

甚至鬆了一口氣。

因為不是她不夠好，不是她不配當母親，不是她不夠用心，而是這個孩子天生就是來討債的。

抱持著這樣的信念，她才能度過最嚴重的憂鬱階段，才能不被人生就此毀滅的痛楚擊倒。

「妳放下刀。」周政跟蘇方琪已經很熟悉了。他知道現在蘇方琪眼裡的東西叫做決然。「我知道妳有多絕望，但妳殺了她，也不能改變什麼。」

「至少可以讓一切到此為止。」蘇方琪搖頭。「我改變不了別人，但直到下一個像她這樣有能力操縱人心的人出現，我們的孩子都會是安全的。」

「不值得啊。」周政輕輕走過去。「這是曉真要的嗎？」

蘇方琪猶豫了一剎那，她眼前的牆角陰暗處，浮現出曉真的身影，其餘的鬼魂也跟著出現，他們其實沒有實際的能力可以操縱人類，只能透過這樣的影像影響人心，但正是他們死去的痛苦模樣，讓這些母親深陷不拔。

以為自己還要再做更多事情才行，而甘心被向安婕驅使。

曉真的眼睛流下血淚，所有的鬼魂都張大嘴巴，他們不斷地開闔唇瓣。

像是過去的每一次，訴說著沒有人知道的話語。

但一瞬間，蘇方琪聽懂了。

那是媽媽。

孩子們最早發出的音節，也是死前最後說的話。

媽媽。曉真在呼喚自己。

眼淚從蘇方琪的眼眶溢出，視線變得朦朧，她的手不斷顫抖，根本拿不住刀。

旁邊的向安婕一把撞開她，反應過來的蘇方琪，毫不考慮的舉刀揮向她，向安婕卻抱著嬰兒擋住，刀鋒沒入嬰兒的衣服！

蔡敏恩跟周政都大叫，來不及了！

可是下一秒，顏葦廷大哭了起來，他的聲音像是能與所有的鬼魂共振，撼動整個空間，所有成人都捂住耳朵，承受不住尖銳的哭喊聲。

嬰兒墜地。

顏葦廷的哭嚎停止，他的臉上有著憐憫，那一瞬間他的眼裡彷彿泛著金光，真實的告訴世人，有罪的是妳們，不是我們。

向安婕抓著顏葦廷往外跑，蘇方琪撲往向安婕，兩人跌倒在地，向安婕卻撿起地上的刀，反刺進蘇方琪的肚子，蘇方琪只能倒在地上，傷口泛出大量的鮮血。

周政迅速連開數槍，但都被向安婕躲過。

向安婕一路往下狂奔，緊抓著自己的兒子顏葦廷，衝下逃生梯。

她已經買好機票，準備離境，距離自由只有最後一段路。

但外面早已被層層包圍。

周政他們遞交的證據不是毫無作用。放回部分的母親，只是為了讓向安婕放鬆戒心，周政暫時還職，重新得到自己的佩槍，而刑事局調查組，早已包圍了這裡，就等著蘇方琪帶出蔡敏恩跟周政的小女兒。

只是沒有人想得到，最後會是這樣血腥的場面落幕。

蘇方琪殺了太多人。

向安婕不敢置信的被帶上警車，她將以教唆殺人、宗教詐騙等名義被起訴，而她的兒子顏葦廷則會被帶離她的身邊。

當天晚上的新聞震驚全台，蘇方琪被控殺害十幾名的中年婦女，慈母真尊教的一切攤在陽光底下，從宗教儀式到入教信徒的身家背景，全都被媒體大加報導，所有人都在問同一個問題。

為什麼有媽媽會想殺掉自己的小孩？

尾聲

在育幼院的鞦韆上，顏葦廷坐在鞦韆上，輕輕的晃著，他低聲跟空氣說話，似乎眼前真的有人。

其他的小孩子都不喜歡他，但顏葦廷內心並不在意。

其實他對外界資訊的接受度相當低，如果沒有社工老師特別照顧他，恐怕他連吃飯跟洗澡都無法自理，育幼院花了很多的時間，才讓他學會穿鞋子、衣服、上廁所等基本能力。

老師們並不知道他的背景，完全無法理解，為什麼顏葦廷沒接受過任何治療。

他們不知道，顏葦廷曾經是教派的聖子，在母親向安婕的養育下，他本來就理當接受信徒的服侍，他不會過正常人的生活，也沒有必要過正常人的生活。

顏葦廷在鞦韆上，耳朵動了動，眼前的鬼魂告訴他，會帶糖果的叔叔又來了。

顏葦廷臉上沒有表情，卻走到了門口，育幼院的老師不明所以，片刻後才聽到門鈴聲響起。

老師打開了門，驚駭地看著周政牽著小女兒走進來，只能歸咎為顏葦廷擁有特殊敏銳的直覺。

或許是因為當初顏葦廷曾經選擇了這個嬰兒，女嬰長大後，竟是他少數可以交流的對象，某種程度上，向安婕並沒有預言錯誤，周政的女兒罹患罕見的失聰疾病，如果以老人家的口吻來說，的確就是生來討債。

因為周政的女兒聽不見外界的聲音，才會在童年時期特別沒有安全感，反覆折磨蔡敏恩。

但因為她可以跟顏葦廷玩在一起，所以周政偶爾會帶她過來，看著她跟顏葦廷一起面無表情的分享著玩具。

「他最近都還好嗎？」周政坐在鞦韆不遠處，看著兩個孩子在地上玩沙。

「有進步一些，但仍然不願意跟我們說話。」

「他之前偶爾會開口。可能是受了刺激吧。」

「方便告訴我們，他到底受了什麼刺激嗎？」

「那些事情讓他忘記了會比較好。」

周政腦海中又回到那天，漫天的血腥跟揉雜著薰香的氣味，顏葦廷的過往被掩蓋起來，是法官與醫師評估後的共同決定，沒有人希望他被當成殺人兇手長大。

而當時認得出顏葦廷的信徒母親們，現在也幾乎都入獄了。

那天之後，蘇方琪先被轉送醫院，後來收押禁見，現在以殺人罪入監服刑，或許要到很多、很多年以後，她才有機會再看見顏葦廷。

而周政自己跟蔡敏恩離婚了，他承認是自己太過疏忽，才會讓蔡敏恩走向宗教之路，但蔡敏恩仍然忘不了向安婕所說的因果之說，在小女兒診斷出罕見失聰之後，就留下離婚協議書走了。

最後在牢中的向安婕，知道自己被剝奪親權之後，竟毫不猶豫的撞牆死了。

當時記得顏葦廷的人，現在全都在獄中，或者死了、或者走了，再也沒有人會認出他來。

顏葦廷看著周政跟老師坐在遠處，他拿起樹枝，輕輕在地上寫字。他寫得零亂又不工整，眼前的沙子彷彿被人輕輕吹過。

周政的小女兒咯咯笑，她伸出手，跟從沙面裡浮出的手掌貼在一起。只有她看見，顏葦廷寫的字是媽媽。

或許母愛有各種形式，美好的、殘酷的、溫暖的、自私的，但有些母親，至死都不會離開孩子，而那是她們愛的最極致形式。不管以什麼型態存在，不管在天堂或者地獄相見，她們永遠相信，有個更好的地方，可以彼此相聚。

母親與孩子會再次相見。

（全文完）

番外篇

向安婕在監獄裡保持緘默等待判決，她仍然矢口否認一切的罪行，也沒有母親站出來指認她，一切都在她的算計內，她不會被判刑太久，甚至比起蘇方琪要來得短暫許多，她可沒有動手殺人，至少她不會承認。

但她沒想到的是，因為她對於顏葦廷的撫養不當，甚至被家事法庭認定虐待兒童，法官直接奪走了她的親權，她將終身無法得知顏葦廷的狀況與下落，也無法再探望他。

沒辦法陪著顏葦廷長大，這對向安婕來說是最恐怖的打擊！

她所做的這一切，都只是希望讓顏葦廷在她所建築的堡壘中，無異於常人，甚至是如神祇般成長，但現在這一切的希望，都被奪走了。

她激烈的反抗，絕食、自殘，甚至委託律師上訴，但全都沒有用，顏葦廷作為高功能自閉症的孩子，應當接受醫療照顧跟教育輔助，而顏葦廷幼時的醫療紀錄，在在都說明向安婕並不是對顏葦廷的狀況一無所知。

向安婕的前夫也出庭作證，他曾經要向安婕將兒子帶去醫院接受治療，向安婕卻固執的認為醫療無法幫助他們母子，只有她的宗教帝國可以。

作為一個不合格的母親，向安婕被剝奪了親權，假釋出去後也不會得知兒子下落，她完全無法接受這件事，在激烈的抗爭手段全數無效後，她在獄中選擇了自殺。

她是顏葦廷的母親，如前夫所說，她們家的確擁有超越生死的特殊能力，所以她選擇了自殺，但這不是終點，她以鬼魂的樣子來到兒子身邊，她要親自照顧她的兒子，世間的一切法律跟規則，都阻止不了她作為母親的執著。

但一介鬼魅之身，她能做到的事情不多。

兒子看得見她，便依賴著與她說話，卻拒絕與外界溝通，這讓他的進步非常緩慢。他擁有極佳的音樂天賦，但在道場被向安婕特意要求清淨的環境中，完全無從展現，因此連向安婕都不知道，顏葦廷不僅有著絕對音感，還有優異的創作天賦，跟駕馭不同樂器的能力。

顏葦廷不願意與常人溝通，他生活能力也同步進展緩慢，花了很多時間，才勉強學會穿衣服、鞋子，以及上廁所。但他對於音樂以外的事情毫不在意，如果沒有輔導人員盯著，對他來說赤身裸體跟穿著衣服根本沒有差別。

向安婕本來不以為意，這是神啊，她誕下神之子，顏葦廷不需要學會這些技能！可恨這些人毀了自己為他搭建的堡壘，為他建築的神壇……

向安婕的鬼魂充滿怨恨的想著這一切，直到她看見愛兒登台演出。

其實顏葦廷並不知道演出的意義是什麼，他只是換了一個地方彈鋼琴，他對於身上的西裝毫無感覺，舞台的燈光明暗也沒有差別，反正他可以在黑暗中精準地彈出樂曲，他只是走上台，然後按照平常的習慣，用相同順序彈了幾首歌，接著被輔導人員牽著走下來。

他不知道如雷的掌聲是什麼意思，台下的人們又為什麼淚流滿面，他只在自己的世界裡，看見向安婕哭泣的模樣。

妳為什麼哭？媽媽。

對不起……

他無聲的詢問。他跟鬼魂不需要語言溝通，他的意識可以直接穿透祂們，他不知道這樣會讓這些鬼魂痛苦，或者他根本沒有同理痛苦的能力，而向安婕只感覺到腦海裡爆炸出兒子困惑的聲音。

她無暇顧及痛苦，不斷哭泣，她要如何說明才能讓兒子懂得自己這一刻心中深深的懊悔？

她終於明白，她的兒子並不需要她保護，他擁有足夠讓世界驚豔的天賦與能力，即使不操控鬼魅，他也可以被稱之為神，他在演奏上的天賦，就像是神蹟的展示。

很多國外的音樂學校跟大師開始跟顏葦廷的收容機構接觸，但顏葦廷的狀況實在讓他們頭疼不已。他可能需要終身的助理，不，是照顧生活起居的保母，現在顏葦廷還小，可以找到類似的人選，但當他逐漸長大之後，誰可以繼續照顧成年後的他？

而且如果沒辦法嚴格學習，顏葦廷這樣的音樂明星將被淹沒，他的才華不再具有優勢，而且他無法與人溝通，就沒有辦法確保演奏會、音樂專輯的安排。

無法展示奇蹟的神，不能被稱為神。

向安婕看著音樂學校的人陸續離去，終於感到撕心裂肺的痛苦，她希望兒子可以不要再跟鬼魂說話，這種心意相通的溝通，讓顏葦廷排斥使用文字語言，也不願意跟常人對話。

向安婕哄著顏葦廷放掉所有操控的孩子魂魄，但顏葦廷不懂為什麼，自然也不願意配合。

放走他們。

為什麼？

你得跟其他人一樣。

為什麼？

你要長大。

什麼是長大？

向安婕開始懊悔，她焦慮的看著顏葦廷長大，一個月又一個月，來接觸機構的人越來越少，他將逐漸變得平庸——如果自己不做出改變的話。

向安婕知道自己唯一的選擇是成為鬼王。

她的能力本來就不如顏葦廷，唯一的可能性是她變得比顏葦廷還強，才能強迫顏葦廷解散所有的鬼魂，但這是一條很痛苦的路。

她開始吞食其他惡鬼，惡鬼的能力比起一般的鬼魂要強，吃掉更多，她就能更快成為鬼王，雖然她很清楚，那將萬劫不復。她不斷地撕裂比自己更強大的惡鬼，她逐漸面目全非，已經看不出來原本尚算漂亮的模樣，她身上滿是縫線與犄角，越來越醜陋，連她自己都不敢直視自己。

妳為什麼越來越不像媽媽了？

我還是媽媽，你再等等我。

等妳什麼？

再給我一段時間。

顏葦廷困惑，媽媽變得好奇怪，氣味逐漸噁心，面目猙獰，身上流出膿與血，散發著恐怖的氣息，連他的「朋友」們都躲著媽媽，但他無所謂，媽媽變成什麼樣子都是媽媽，他不懂這個詞代表的意義，但他一輩子都不會改變自己的認知，媽媽是無可取代的。

向安婕經歷了很痛苦的一段時光，她遍體鱗傷，又強迫自己融合這些鬼氣，她好幾百次都想要放棄，但她只要想到兒子，就覺得自己一定要堅持下去，這是每個做母親最深的執著，這是她向安婕的母愛，她前半生做錯了，死後的日子必須拿來彌補。

她走向最恐怖的無間地獄，她吸收的鬼氣將讓地獄之門永遠不向她開啟，她真的如她所說的不入輪迴，因為輪迴不收她。

再多的轉世投胎，都洗滌不了她身上的罪惡。

顏葦廷十三歲那年。

向安婕終於做到了，她身上瀰漫著森然的黑色鬼氣，那些全都是她不斷流淌出來的鮮血，她的傷口永遠不會復原，但她終於有能力與兒子的控鬼能力抗衡。

她來到兒子面前，最後一次擁抱兒子，她將解散兒子擁有的所有鬼魂，成為鬼王，之後永世不得翻身，再也不見天日。

媽媽，妳要離開我嗎？

顏葦廷對於向安婕放走了所有的鬼魂並沒有劇烈反抗，他本來就只是不知道為什麼要這樣做而已，他對於媽媽的行為一向只有順從，他依賴著向安婕，孺慕著向安婕，連向安婕都不知道，顏葦廷是那麼專注地愛著她。

所以當向安婕要離去時，反而引爆了顏葦廷的所有困惑與迷惘跟反抗，他的困惑很直截了當的展現在行為上。

媽媽，妳不可以離開我。

顏葦廷拘束了向安婕。

如同向安婕所教導的，要他拘束其他鬼魂一樣，他當時洗去了他們的記憶，現在也洗去了向安婕的記憶，剝奪了她的自由，控制了她的魂魄。

顏葦廷將自己媽媽永遠、永遠的囚禁在自己身邊一公尺內。

這樣媽媽就不會消失了。

不是這樣，你要變得跟正常人一樣……

什麼是正常呢？

顏葦廷困惑的詢問。

但被洗去一切，掏空所有記憶跟能力的向安婕，已經回答不出來了。

她再也不會知道，顏葦廷將如何繼續依戀著她，顏葦廷終身都再也沒有拘束其他鬼魂，只願意跟她說話，向安婕可以如木偶般呆滯地應答，但她再也沒辦法如同一個母親一般操心、煩憂、關愛兒子。

她真正身為母親的能力，被兒子親手剝除了。

媽媽，我們要永遠在一起。

好。失去思想的向安婕鬼魂，在風中飄著。她對著顏葦廷點點頭，已經想不起來自己的心願是什麼了。

後記

寫縫隙的過程，好像把過去人生受到的痛楚再度消化後反哺出來，揉合了自身經歷與周邊朋友的成長過程，我們這一世代終於開始探討起了原生家庭的傷痕，而這些童年的傷很多都成為我們此生無法擺脫的陰影。

但反面來看，我們這一代的家長也相當困惑，他們承擔了太多的經濟壓力跟社會責任，到底該如何教育好小孩，而全職母親與自我認同的界線又在哪裡？

《縫隙》就是因此而生，我沒有想要指責任何母親的意味，我只是想讓所有人看見這種恐懼的實體化、最大化，會催生出多麼可怕的惡魔，世間萬物有了縫隙，就有邪惡入侵的可能，但也因此有光的存在，不管在哪個家庭裡，我都希望能夠撬動更多的縫隙，讓溫柔與更多的諒解傾瀉而入。

願我們身為父親、母親的時候都能放手；也願我們身為人子的時候，可以理解這份恐懼。

但不管我想說的是什麼，寫作《縫隙》的過程仍然相當愉快，寫小說是我自身療癒的一種方式，也是對世界說話的管道，我仍然希望有更多人可以給予迴響，也希望故事可以走向各地，謝謝觀看連載至此的朋友，有機會希望可以得到你們的隻字片語，作為我寫作的報酬。

另外一部《不是大人也不是小孩》正同步於 KadoKado 角角者連載中，也希望大家喜歡另一個類型的作品，謝謝你們願意花時間閱讀。

逢時

國家圖書館出版品預行編目資料

縫隙 / 逢時作. -- 初版. -- 臺北市：臺灣角川股份有限公司, 2023.03
面； 公分

ISBN 978-626-352-364-7(平裝)

863.57 112000513

縫隙

作　者　逢時
插　畫　Kanariya

2023年3月15日 初版第1刷發行

發 行 人｜岩崎剛人
總　　監｜呂慧君
編　　輯｜喬齊安
美術設計｜邱靖婷
印　　務｜李明修(主任)、張加恩(主任)、張凱棋

台灣角川

發 行 所｜台灣角川股份有限公司
地　　址｜104台北市中山區松江路223號3樓
電　　話｜(02)2515-3000
傳　　真｜(02)2515-0033
網　　址｜http://www.kadokawa.com.tw
劃撥帳戶｜台灣角川股份有限公司
劃撥帳號｜19487412
法律顧問｜有澤法律事務所
製　　版｜尚騰印刷事業有限公司
I S B N｜978-626-352-364-7